お出かけ用の服を身にまとい、
ちょこんと座っている。
「フェリス!?」

十歳の最強魔導師 9

天乃聖樹 Seiju Amano
illustration フカヒレ

アリシアに抱きすくめられて捕まってしまう。
「ちょ、ちょっと……
離してくださいましっ」
じたばたと抵抗するジャネット。
「だーめ。そのボウル、
私に貸しなさい」

「人の王……？　人の王……？　あ……」
テテルは大きく目を見張り、口を押さえた。

『どうしたの？』

「早く帰りますわよ！」
ジャネットたちはフェリスに駆け寄ろうとする。
だが、その眼前に何者かが現れた。

聖職者の衣装を身につけ、
ベールを目深《まぶか》に被《かぶ》っている。
『真実の巫女《みこ》』とは、この少女に違いない。

9

INTRODUCTION

『真実の巫女《みこ》』の素顔

ジャネットは不思議な経験をしていた。
夢の中でフェリスを女王様と呼んだり、フェリスとの
デート中に夢うつつになって記憶を失ったりしていたのだ。
それだけではなく、急に魔力が増大し、
普通の魔術が暴発するようになった。
どうやら、プロクス王国でフェリスの魔力を浴びた
せいで、魔力が急増しているらしい。
ジャネットはフェリスの召喚獣たちに手伝ってもらって、
魔術の特訓をする。以前は敵対的だった召喚獣たちも、
なぜかジャネットに対して親しげになっている。
平和な暮らしが続くかに思えたが、そこに再び影が忍び寄る。
今度は探求者たちの大軍勢が魔法学校を襲ってきたのだ。
次々と倒れていく生徒たち、命懸けで戦う教師たち。
フェリスたちは必死に魔法学校から脱出し、
逃亡生活が始まる。追ってくるのは探求者たち、
その教団を支配する『真実の巫女』。
やがてフェリスたちは知ることになる——
『真実の巫女』の素顔を。
明かされるのは、探求者たちとの因縁、
遙《はる》か昔の恐るべき戦争、フェリスの正体。
ついに少女たちは、自らの真実と向き合うことを迫られる。

十歳の最強魔導師 9

天乃聖樹

ヒーロー文庫

十歳の最強魔導師 9
illustration：フカヒレ

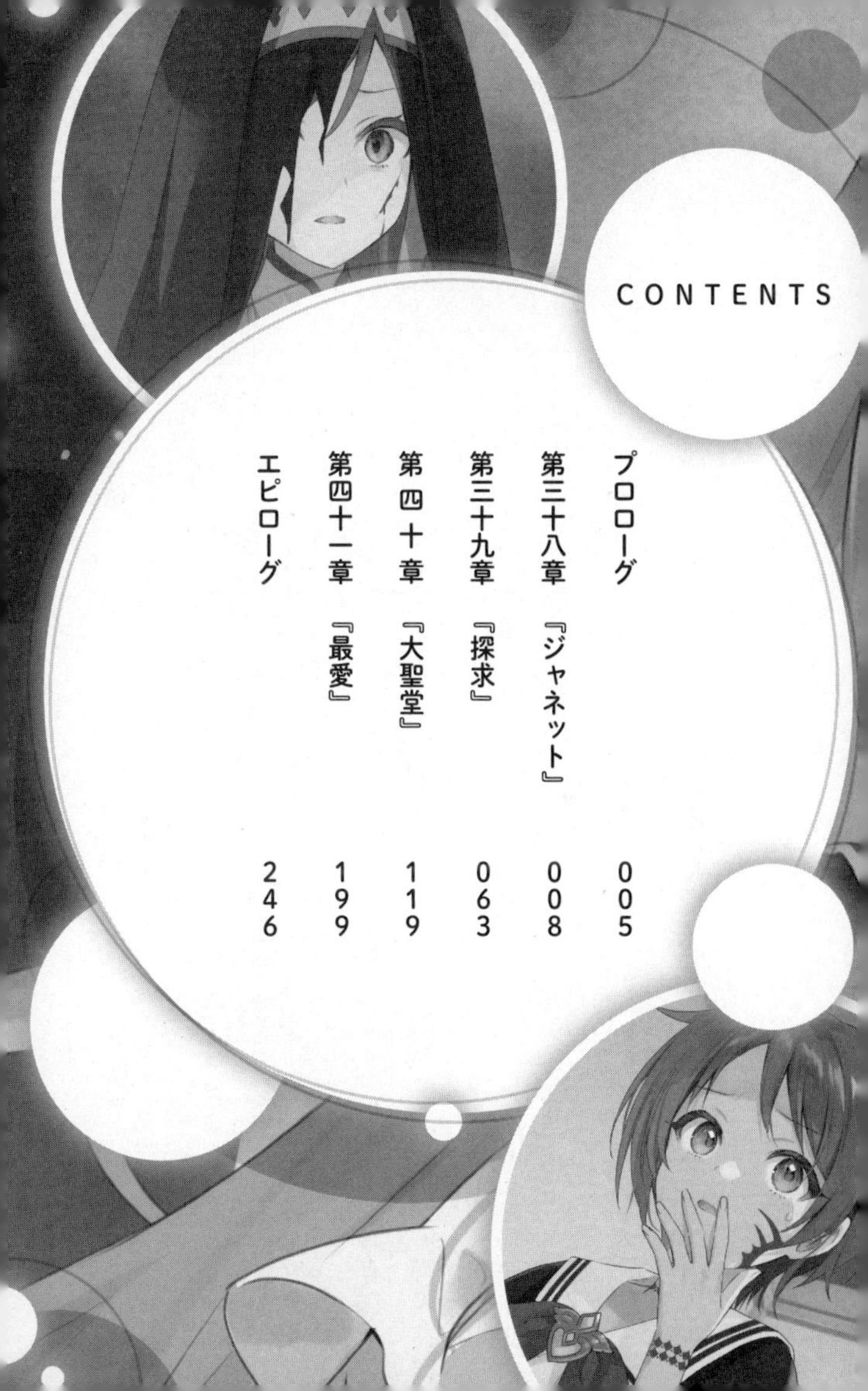

CONTENTS

イラスト／フカヒレ
装丁・本文デザイン／5GAS DESIGN STUDIO
校正／佐久間恵（東京出版サービスセンター）
DTP／天満咲江（主婦の友社）

この物語は、小説投稿サイト「小説家になろう」で発表された同名作品に、書籍化にあたって大幅に加筆修正を加えたフィクションです。実在の人物・団体等とは関係ありません。

プロローグ

荘厳な宮殿が、星空に座していた。

その建造物に壁はなく、巨大な柱が遙《はる》かな高みへとそそり立っている。床は湖水をたたえたように澄み通り、さざ波が静寂《せいじゃく》を奏でていた。

空気そのものが光を宿し、聖なる香気《こうき》が辺りを満たしている。そこに醜《みにく》いものは存在せず、猥雑《わいざつ》な喧噪《けんそう》もない。

宮殿の中央を二つに分ける大通りの先に、エメラルドグリーンの階段が輝いていた。階段の頂《いただき》には、いかなる帝王も手に入れることのできない至高の玉座《ぎょくざ》がある。人が目にしたことのない宝玉で彩られ、人の理解を超えた文字が記されている。

玉座に座っているのは、美を具現せし女王。銀の河のように流れる銀髪。慈愛に満ちた黄金の瞳。その麗《うるわ》しい膝《ひざ》に、長い髪の少女が震えながらすがりついている。

「女王様……。私、怖いです……」

「どうしたのですか？」

竪琴《たてごと》の音色を思わせる声で、女王が穏やかに問いかける。

「だって、もうすぐ人の王が攻めてくるんですよね……。扉を開《ひら》く方法を人間たちが見つけたと、エウリュアレが言っていました……」

「たとえ人間たちがここに到達したとしても、あなたが傷つくことはありません。可愛《かわい》いジャニス、あなたはわたしの大切な宝なのですから」

女王のやわらかな手の平が、少女の髪を優しく撫《な》でる。女王の膝《ひざ》に頭を載せ、その香気《こうき》に包まれていると、少女は恐怖が遠のいていくのを感じる。

「女王様……。大好きです……」

「わたしも愛していますよ。恐れなくて大丈夫。決してあなたには触れさせません」

女王は少女の頬《ほお》を両手で挟むように抱え、眩《まばゆ》く微笑《ほほえ》んだ。

少女は嬉《うれ》しくて我を失ってしまいそうになるが、女王から離れて空中に浮き上がる。主《あるじ》の厚意に甘えてばかりはいられない。守られるだけではなく、しもべとしての務めを果たし、女王の愛に応《こた》えなければならない。

「私、人間界に行ってきます！　不遜《ふそん》な連中が攻め込んでくる前に、軍勢ごと狩り尽くしてきます！」

女王が柳眉《りゅうび》を寄せてたしなめる。

「人間界は危険ですよ。あなたの身になにか起きたら、わたしは耐えられません」

「平気ですよ！　私だってエウリュアレやレヴィヤタンみたいに、女王様のお役に立てます！　私、結構強いんですから！」

「無理をせずとも、あなたは今のままで良いのです」

「全然無理はしてないです！　大好きな女王様のために、頑張りたいだけですから！　私に任せて待っていてくださいね！」

少女は長い髪を踊らせて笑った。

第三十八章　『ジャネット』

女子寮の自室で、ジャネットは目を覚ました。

なめらかな絹の寝具に包まれたまま、ぽーっとした頭で夢の余韻に浸《ひた》る。

不思議な夢だった。

あんな綺麗《きれい》な場所、今まで行ったことも、本で読んだことも、想像したこともない。

なのに、現実と見紛《みまが》うほど細部までリアルで、そよ風の当たる感覚や空気の匂いもはっきりと思い出せる。

そして、女王に抱かれていたときの圧倒的な幸福感。なにも欠けるものがなく身も心も満ち足り、このまま女王の一部となって溶けてしまいたいと思った。

幼いフェリスとはまったく違って、大人の魅力に溢《あふ》れた女性だったのに、顔立ちや雰囲気がどことなくフェリスに似ていたのは気のせいだろうか。

ひょっとしたら、自分はフェリスの成長した姿を無意識に想像してしまって、その姿が夢に出てきたのかもしれない、とジャネットは考える。召喚獣やヨハンナたちがフェリスを女王様と呼んでいたのも記憶に残って、夢に影響を与えたのだろう。

──うんうん、きっとそうですわ！

ジャネットは一人で納得し、ベッドから滑り降りる。

見られるものなら続きを見てみたいけれど、どうせあれはただの夢。早く本物のフェリスに会いたい。

毎日フェリスと同じ部屋で暮らせるアリシアは許せないし、羨《うらや》ましくて仕方ないから、ジャネットは朝一でフェリスの部屋に突撃するのが習慣だった。

鏡台の前でベルベットの椅子に腰掛け、念入りに髪をとかす。納得が行くまで何度もリボンを結び直す。

大貴族ラインツリッヒ家の娘として保たねばならない品格はもちろんあるが、それ以上に、フェリスにみっともないところを見せるわけにはいかない。

完璧に身だしなみを整え、凜《りん》とした声で発声練習も済ませると、ジャネットは鏡の中の自分に大きくうなずいて部屋を出た。

女子寮の廊下を歩き、フェリスたちの部屋の前で立ちすくむ。

毎朝通っているのに、いつになっても緊張する癖《くせ》は変わらない。

フェリスに嫌われたくない、素敵な人だと思ってほしい。

──わたくし、どうしてこんなにフェリスのことが好きなのですかしら……。

教室で一目《ひとめ》見たときから、ジャネットは無条件でフェリスに惹《ひ》かれてしまった。外見も人柄も雰囲気も匂いも、すべてが愛《いと》おしくて、その魅力に抗《あらが》えなかった。

フェリスのことを知れば知るほど、共に時間を過ごせば過ごすほどその想いは強くなり、今ではフェリスのいない暮らしなど考えられない。

「お、おはようございます！　今日も気持ちのいい朝ですわね！」

ジャネットは意を決して勢いよく扉を開けた。

天井にフェリスが頭から突き刺さって揺れていた。

「フェリス――――!?」

ジャネットは仰天してフェリスを引っ張り下ろそうとするが、手が届かない。奇怪な状況に思考が追いつかず、風魔術を使うことも思いつかないでぴょんぴょん跳ねていると、フェリスがすぽっと天井から頭を抜いた。

ベッドに墜落するフェリス。大惨事の予感に肝《きも》を冷やすジャネットだが、フェリスはベッドでバウンドし、再び天井にぶつかる。戻ってきてベッドに落ち、高々と跳ね返される。その姿は人というよりボールである。

放っておいたら無限に続きそうなので、ジャネットはフェリスに飛びついて止めた。

「ふぁ……ジャネットさん。助かりました」

のほほんと感謝するフェリス。

「怪我《けが》はありませんの!?」

ジャネットは生きた心地がしない。

「ぶつかる前に結界を張ってたから、だいじょぶです」

「それは良かったですけれど……、いったいなにが起きましたの？」

「なんか、ベッドでトランポリンみたいにポンポンするのが面白くて、魔術でもっと跳ねるようにしてみたら、天井に刺さりました」

緊張感のない報告である。

「危ないですわ！　アリシアはどうして止めないんですの⁉」

「フェリスがとっても楽しそうだったから……」

「楽しかったです！」

能天気な二人に、ジャネットは脱力する。業腹《ごうはら》だがアリシアにフェリスの保護者役を譲っているからには、もう少しきっちり保護していてほしい。

「おはようございますっ、ジャネットさん！」

「え、ええ。おはようございます」

けれど、そんなジャネットの不満も、天使のようなフェリスの笑顔を見ると消し飛んでしまう。可愛《かわい》ければすべてが許される。そしてフェリスは世界一可愛いのだ。

フェリスはアリシアに手伝ってもらって寝間着から制服に着替える。そのあいだ、ジャネットは目をそらして部屋の隅っこでしゃちほこばっている。女の子同士なのだから気にしなくていいとは分かっていても、どうしても恥ずかしい。

フェリスがアリシアに髪をとかしてもらい、リボンも結んでもらって、三人で部屋を出る。廊下を歩いていると、窓からテテルが飛び込んでくる。

「おっはよー、みんな！ ごはん食べるの？ あたしももう一回食べる！」

「どこから入ってきているんですの⁉」

ぎょっとするジャネット。

「窓からだよ！」

「それは分かっていますわ！ ちゃんと人間らしい場所から入ってくださいまし！」

テテルはピースサインを突き出す。

「じゃあ明日から地面に穴掘って入るね！」

「あなたはモグラですの⁉」

「それより、もう一回食べるってどういうことかしら……？」

「朝一で食べたけど、狩りに行ったらお腹空《なかす》いちゃったから、また食べよっかなって！」

「狩り……？」

近所に狩りスポットなどあっただろうかと頭を抱えるアリシアである。そこまで校則の厳しい学校ではないとはいえ、テテルの生き様は自由すぎる。

女子寮の食堂は、焼きたてのパンの匂いでいっぱいだった。

壁際の長いテーブルにスクランブルエッグやサラダの材料などが置かれ、自分で選べるようになっている。四人は好きなおかずやパン、デザートをトレイに取って席につく。

皿に山盛りよそったローストリザードの前で、テテルがお腹を鳴らした。

「わー、おいしそー！　昨日の朝からずっと森を走ってたから、お腹ぺこぺこだよー！」

「冗談……よね……？」

アリシアは思うものの、テテルならなんでもアリな感じもするので自信はない。

「ジャネットさん、ジャネットさん！　一個だけメギドプリン残ってました！　どーぞ！」

フェリスが小さな器に入ったプリンを差し出す。

「え……？　メギドプリンは、フェリスの大好物じゃなかったんですの？」

「大好物ですけど、ジャネットさんにあげます！　もらってください！」

「ありがとうございます……？」

首を傾《かし》げるジャネット。そこまで言われたら断るわけにもいかないので、メギドプリンを受け取る。

たわむプリンをスプーンですくい、口に運ぼうとするが……フェリスがじいいいっと見ている。よだれを垂らして見つめている。本当は食べたくて仕方ないのだ。

「えっと……やっぱり召し上がります？」

「だ、だいじょぶです！」

フェリスはぷるぷると首を振った。そのあいだも視線はメギドプリンから離れない。痩せ我慢しているのは明らかだ。

「わたくしは大丈夫ですから、フェリスが食べてくださいまし」

「で、でも……」

「わたくしはフェリスがおいしそうに食べているのを見る方が、自分が食べるよりずっと嬉《うれ》しいですわ」

微笑するジャネットに、アリシアが信じられないといったふうにつぶやく。

「自分が一番のジャネットが、他の人の幸せを考えるなんて……成長したわね」

「その上から目線はなんですの!? あなたはわたくしの親ですの!?」

「上から目線じゃないわ。よく頑張ったわね……ジャネット」

「完全に親から目線ですわよね!? その生暖かい笑みはなんですのー!?」

ジャネットはアリシアの肩を揺さぶるが、アリシアはうふふと笑っている。フェリスはメギドプリンをはぐはぐと食べている。テテルは山盛りの肉をたいらげ、さらなる食料を求めて壁際のテーブルに跳んでいっている。女子寮は今日も朝から賑《にぎ》やかだ。

朝食を終え、まだ食べ足りない様子のテテルを引っ張って、フェリスたちは食堂を後にした。

各自の部屋で準備を整え、廊下で再集合してから女子寮を出発する。

「ジャネットさんっ、ジャネットさんっ！　鞄《かばん》、わたしが持ちますっ！」

フェリスがちょろちょろとジャネットの周りを走り回り、鞄を手に取ろうとする。小《ち》っちゃいフェリスを踏み潰《つぶ》してしまいそうで、ジャネットは冷や汗ものだ。

「鞄くらい、自分で持てますわ。フェリスはわたくしのメイドではないのですから」

「じゃあ、ジャネットさんを持ちますっ！」

「どうやって持つんですの!?」

「えいって持ちます！」

「えいって……」

勇《いさ》んで両手を差し伸べるフェリス。その腕の中に飛び込んでいきたい衝動に駆られるジャネットだけれど、フェリスが潰れてしまうのは困る。

「さすがにわたくしを持つのは難しいのではないですかしら……」

「そうよ、フェリス。ジャネットの重さにあなたの体は耐えられないわ」

「重くはありませんわよ!?　ええ決して！　わたくしは羽根のように軽やかですわ！」

ジャネットは全力で反駁《はんばく》する。そもそも四人の中では背丈もあって大人っぽいスタイルなのだから、体重もそれなりなのは当然なのだ。

テテルが不思議そうに首を傾《かし》ぐ。

「最近フェリス、やけにジャネットの世話を焼きたがるよね。どしたの？」

「わたし、ジャネットさんに恩返しがしたいんです」

「恩……？　わたくし、なにかしましたかしら……」

ジャネットは腕組みして記憶をさかのぼる。

「してくれましたようっ！　プロクス王国でわたしが変になっちゃったとき、ジャネットさんが止めてくれたじゃないですか。わたしのこと大好きだって言ってくれて」

「あ、ああ……そういうことも、ありましたわね……」

ジャネットは頬《ほお》が焼けるのを感じる。あのときは無我夢中だったとはいえ、大胆なことを口走ってしまった。

「わたしがひどいことをしなくて済んだのは、大怪我《おおけが》してもわたしを止めてくれたジャネットさんのお陰です。だからわたしは、ジャネットさんのためになんでもしてあげたいんです！」

「なんでも、ですの……？」

「はいっ！　なんでもです！　なにがいいですかっ？」

フェリスは小さなげんこつを握り締め、目をきらきらさせてジャネットを見上げる。

きっと想定しているのは、肩叩《かたたた》きとか手料理くらいのものなのだろう。その無邪気すぎる姿にジャネットは気が咎《とが》めつつも、漏《も》れる願いを抑えられない。

「じゃ、じゃあ……わたくしの恋人になってくださいます……？」

「ふえ……？」

きょとんとするフェリス。

――言ってしまいましたわ――――!!

ジャネットは全身が灼熱《しゃくねつ》の炎に包まれるのを感じる。どうせダメに決まっている、フェリスから引かれてしまった、と後悔に苛《さいな》まれる。

拒絶の言葉を耳にするのが怖すぎて、ぎゅっと目をつぶって縮こまっていると。

「分かりましたっ！」

「えっ……」

朗らかな返事に、ジャネットは耳を疑った。

「分かったって、なにがですの……？」

「ジャネットさんの『こいびと』になるんですよね？　分かりました！」

「いいんですの!?　恋人はそのっ……デートとかするんですのよ!?」

「そうなんですね！　だいじょぶです！　わたし、ジャネットさんと『こいびと』になって、『でぇと』します！」

恋人、の発音が覚束《おぼつか》ない。

「フェリス……ちゃんと意味は分かってる？」

アリシアが心配そうに尋ねた。

「分かってます！　『こいびと』って、大好きな人同士がなるんですよね？　わたし、ジャネットさんのこと大好きです。ジャネットさんと一緒にお出かけしたいですっ！」

フェリスは声を弾ませて、ジャネットの方に身を乗り出してくる。

いまいちよく分かっていない気もするジャネットだけれど。こんな絶好のチャンスを逃《のが》したら、自分は一生悔《く》いることになるだろうと直感する。

「でしたら……、次のお休み、わたくしと二人でお出かけしていただけますかしら……？」

「はいっ！　楽しみですーっ！」

フェリスは顔を輝かせた。

デート前夜になっても、ジャネットは未《いま》だに我が身の幸運が信じられなかった。

体を張ってフェリスを止めただけで恋人になれるのなら、ジャネットは何度でも体を張る。たとえ死んでも構わない。むしろ今この人生の絶頂で死んでしまった方が幸せなのではと思いつつも、フェリスとのデートが終わるまでは死ぬに死ねない。

「フェリスはどの服が好きですかしら……。好みを聞いておくべきでしたわ……」

女子寮の自室で鏡にドレス姿を映し、ジャネットはコーディネートに悩む。こんな夜更けでは、今からフェリスたちの部屋に行って意見を求めるのも迷惑だろう。

椅子やベッドや机に山と積まれているのは、元から持っていた衣装に加え、急きょ王都の職人にあつらえさせた衣装の数々。舞踏会用の真っ赤なドレスや、清楚《せいそ》な花柄のワンピース、ちょっと大胆な肩出しのブラウスなど、各種取り揃《そろ》えられている。

ジャネットは悩みに悩み、なんとか服を選んでから、ベッドに入った。

が、寝付けない。明日はフェリスを独り占めできるのだとか、致命的な失敗をやらかしてフェリスに幻滅されたらどうしようとか、思いっきりフェリスに楽しんでもらうにはどこへ連れて行ったらいいのだろうとか、考えるほどに目が冴《さ》えてくる。

「うぅ……睡眠不足だと明日に差し支《つか》えますのに……眠れませんわ……」

ジャネットは毛布の端を握って震える。

そのとき、庭に面した窓をぶち破って何者かが突入してきた。

「そんなジャネットにオススメの薬があるよーっ！」

「きゃあああああっ⁉」

深夜の乱入者に悲鳴を上げるジャネット。とっさに飛び退《の》くが、よく見れば乱入者はテテルだ。

「ハバラスカさん⁉　なにをなさっていますの⁉　窓がめちゃくちゃですわ！」

「それはごめん！　ジャネットが困ってると思ったら、居ても立ってもいられなくて！

その困り事、あたしがすっきり解決してみせるよ！」

「わたくしは余計に困っていますわ！」

「眠れないんでしょ!?　だったらこのナヴィラ族秘伝の眠り薬をあげる！」

テテルが差し出した手の平に載っているのは、うにょうにょと蠢《うごめ》く紫色の物体。プリンのようにも見えるが、プリンの色ではなく、あちこちから触覚らしきモノが生えている。鼻を刺す腐臭が漂い、おぞましい鳴き声も聞こえてくる。

「そ、それは本当に薬ですの……？　生き物じゃありませんの……？」

後じさるジャネット。

「生きてるけど薬だよ！　新鮮だから効き目も抜群だよ！」

にじり寄ってくるテテル。

「生きている薬なんて聞いたことがありませんわ！」

「だったら良かったね！　勉強になったね！」

「勉強したくないこともありますわ！」

テテルは弾けんばかりの笑顔で語る。

「怯《おび》えなくて大丈夫！　ちょっとお腹《なか》の中で暴れる薬だけど、そのうち大人しくなるから！　はい飲んで！」

「断固お断りですわ！」

「おばーちゃんも言ってたよ。『良薬《りょうやく》口に苦《にが》し、可愛《かわい》い子には薬を盛れ』ってね！」

「そんなことわざも聞いたことありませんわー！」

ジャネットは必死に逃げるが、野生児テテルの速度に敵《かな》うわけもない。あっという間に追いつかれ、眠り薬を口に投げ込まれる。

「こんな薬……効き目があるわけが……すや」

ジャネットは一瞬で熟睡した。


ナヴィラ族秘伝の眠り薬の効果は凄《すさ》まじく、ジャネットは全力で寝過ごした。

気がついたときには朝になっていて、体の上になにか小《ち》っちゃい生き物が載っていた。

「ジャネットさん。ジャネットさあんっ！　朝ですようっ！」

ゆさゆさと優しく体を揺さぶられるのが心地よく、ミルクのような甘い匂いが快い。ジャネットは夢うつつでつぶやく。

「あと一ヶ月……眠らせてくださいまし……」

「一ヶ月もお休みしたら先生に叱られちゃいますようっ！　でえと、行かないんですか？」

「っ！　デート!?」

ぱちっと目を開けるジャネット。体の上に載っていたのは、フェリスだった。お出かけ用の服を身にまとい、ちょこんと座っている。

「フェリス!?」

ジャネットは眠気が瞬時に消え去るのを感じた。こんな朝っぱらからフェリスの可愛い顔を至近距離で見るのは刺激が強すぎる。

朝っぱらといっても、日はすっかり昇りきっているけれど。昨夜ぶち破られた窓は、いつの間にか元通りになっていた。寝ているあいだに寮母さんが直してくれたのかもしれない。

「おはようございます、ジャネットさんっ！」

にこっと笑うフェリス。

「ご、ごめんなさい！　すぐ準備しますわ！」

「はいっ！」

元気にお返事しながらも、フェリスはジャネットの上から退《の》かない。

――そこにいらしたら準備できないんですけれど……。

思いつつも、これはこれで幸せなのでなにも言えないジャネットである。

「あ！　わたしジャマですよね！　すみません！」

フェリスが自分で気づいてジャネットの上から降り、ジャネットはようやく動けるようになる。

急いで着替えを済ませようとするが……フェリスが部屋に残っている。ベッドの端に腰掛け、目を輝かせてジャネットの方を見ている。

「あの……フェリス？」

「なんですかっ？」

「いえ……」

見られていたら着替えるのが恥ずかしい。なんてことも口に出せず、ジャネットは羞恥《しゅうち》に震えながら寝間着を脱いだ。

身につけるのは、昨夜厳選した赤のワンピース。袖《そで》と裾《すそ》、襟元に白のフリルがあしらわれ、赤と白のコントラストが華やかだ。腰回りには白のリボンが結ばれ、ほっそりとしたウエストを引き立たせている。

美しく咲き誇る薔薇《ばら》のようなジャネットの姿に、フェリスは感嘆する。

「ふあああー。ジャネットさん、きれぇーですー！」

「あ、ありがとうございます……」

手放しの賛辞に、ジャネットは余計に羞恥心を掻《か》き立てられる。自分が美しいのは重々承知しているし、そんな自分に完璧に似合う服を選んだつもりだが、それでもフェリスから認めてもらえる喜びはひとしおだ。

ジャネットは髪をとかしてリボンを結び、鞄《かばん》の中身をもう一度確認してから、フェリスと二人で自室を出た。

「今日はでぇと、いーっぱい楽しみましょうね！」

「え、ええ……」

ジャネットは自分のほっぺたをぎゅーっとつねる。

「どうしたんですか？　ほっぺたがジャマなんですか？」

「フェリスとデートできるなんて、夢でも見てるんじゃないかと思って……。痛いかどうか確かめていたんですの」

「痛かったですか？」

「痛かったですけれど……いまいち確信が持てませんわ……」

廊下沿いのドアが開き、テテルが飛び出してくる。

「そーゆーことなら任せて！　あたしの全力で思いっきりつねってあげるよ！」

「ハバラスカさんの全力はちぎれますわ――!!」

ジャネットは一目散に逃げ出す。

「あっ、ジャネットさん待ってくださあいっ！」

フェリスが慌てて追いかけてくる。

「暗くなる前には帰ってくるのよ～」

アリシアが部屋から顔を出して見送っている。

ジャネットとフェリスは女子寮の玄関を出て、トレイユの街へと向かった。学校の外出許可証は、予定が決まったときに早めに取得している。

「でぇと♪　でぇと♪　ジャネットさんとでぇと～♪」

ご機嫌で歌いながら、フェリスは大きく手足を振って歩く。

「フェリス、その歌は……」

「なんですかっ？」

「いえ……」

恥ずかしすぎて死んじゃいますわ、と言いたくても言えないジャネット。フェリスとのデートは嬉《うれ》しいし、全校生徒に自慢したいくらいなのは事実だが、全住民に宣伝するのは開けっぴろげすぎる。

一方、フェリスは。

――ジャネットさんの『こいびと』だなんて、すっごくオトナっぽいです！　わたし、オトナになっちゃいました！

と胸を弾ませていた。

恋人がいったいどういうものなのか、具体的なところはよく分からないが、その響きには憧れを感じる。常日頃から素敵なお姉さんだと思っているジャネットの恋人になれるのは、自分までお姉さんになった気がしてワクワクする。

「えっと、フェリスはどこに遊びに行きたいですかしら？」

「大好きなジャネットさんと一緒なら、どこでもたのしーですっ！」

「ううっ……」

可愛《かわい》すぎますわー！　と叫びながらフェリスに抱きついてしまいそうになるジャネット。

だがそれはダメだ。野良猫も急に飛びついたら怯《おび》えて逃げる。これから念願のデートが始まろうとしているときに、自分の欲望に負けてフェリスに逃げられてしまったら、後悔してもしきれない。

ぐぐ……とジャネットは渾身《こんしん》の力で両の頬《ほお》を握り締める。

「ジャネットさん!?　そんなにしたら、ほっぺた外れちゃいますよ!?　まだ夢かどうか確かめてるんですか!?」

「いいえ……これは内なる獣を封印するための戒《いまし》めですわ……」

「ジャネットさんの中、なにかいるんですか……？」

フェリスは不思議そうな顔をしている。

石段の道を進み、二人はトレイユの街の中心地にやって来た。

道具店、武器店、食料品店といった生活に必要な店から、雑貨店、アクセサリー店、スイーツ店など、お休みの日に欠かせない店も軒《のき》を連《つら》ねている。

通りにはトレイユの住民だけではなく、外出許可を取って繰り出した魔法学校の生徒の姿も多い。名家の子女で構成される魔法学校の生徒は、商店街の貴重なお客さんだ。

そもそもトレイユの街自体、魔法学校からもたらされる富と安全を基盤にして発展してきた側面がある。貴族の子女たちの食欲や娯楽欲を満たすためには、多くの人材や商品が必要だ。万が一にも後継者たちを危険に晒《さら》さないよう治安維持には潤沢《じゅんたく》な予算が注《つ》ぎ込まれているし、強力な教師たちが睨《にら》みを利かせているお陰で盗賊団も街を襲えない。

「ちょっと、お洋服を見ていきません？　このお店、宮廷のお針子を務めていた方がやっていて、とってもお洒落《しゃれ》なお洋服が揃《そろ》っているんですのよ」

ジャネットはフェリスを誘って洋服店に入った。

裕福な商人や魔法学校の生徒たちをターゲットにした店内には、フリルやドレープをたっぷり使った服が並んでいた。フェリスはぼんやり服を眺めるだけで、手に取ってみようとはしない。

「フェリスは欲しい服はございませんの？」

「え？　わたし、もういっぱいお洋服買ってもらってますし、破れてもいませんし……」

「破れていなくても、可愛《かわい》いお洋服があったら欲しくなりません？」

「お洋服って、高いですし……」

居心地悪そうにもじもじするフェリス。

だが本当は今頃、フェリスは大富豪になっていたはずなのだ。窮地《きゅうち》を救われたプロクス国王はフェリスを魔術長官にスカウトしようとしていたし、それが駄目ならせめて領地を授けると主張していたのだから。

しかし、フェリスは領地なんて要らないと断り、プロクス名物のお菓子だけお土産にもらって魔法学校に帰ってきた。一国の命運を左右する力を持ちながら、あまりにも無欲な少女だ。

もし領地を受け取っていたら、フェリスの軍事力をプロクス王国に奪われてしまっていただろうから、バステナ王国としてはフェリスが無欲で助かったのではあるが。そんな事情もフェリスは想像もしていない。

「値段なんて気にしなくて構いませんわ。フェリスが気に入ったお洋服があったら、なんでもわたくしがプレゼントいたします！」

「で、でも……悪いですし……」

飽くまで遠慮するフェリス。

「恋人なのですから、プレゼントは当然のことですわ！」

「そうなんですか？」

「ええ！」

「こいびとって、すごいです……。だけどわたし……お返しできないです……」

またフェリスが悩み始めたので、ドツボにハマらないうちにジャネットは畳みかける。

「さあさあっ、細かいことは後で考えてくださいまし！　どれがよろしいですかしら!?」

「それなら……ジャネットさんが好きなお洋服を着たいです！」

「わたくしの……好きな服……？」

フェリスは元気にうなずく。

「はい！　ジャネットさんがわたしに着せて、可愛《かわい》いって思ってくれる服がいいです！」

「ううっ……」

あなたはなにを着ても可愛いですわー！　と叫びながらフェリスに頬《ほお》ずりしてしまいそうになるジャネット。

が、ぐっと堪《こら》える。それはそれとしてフェリスに着せたい服は無限に存在するのだ。天が与えてくれたこの幸運、逃《のが》すわけにはいかない。

ジャネットは欲望のままに服を掴《つか》んでフェリスに迫る。

「でしたら、まずはこちらのドレスから着てみましょうか!?　パニエをしっかり入れて、パフスリーブも大きめに調整して！　こっちのスカートとブラウスの組み合わせもいいですわね!?　雰囲気を変えて、キュロットなんかも似合うと思いますわ！　そしてそしてっ、ああもうっ、フェリスが何人いても足りませんわあーっ！」

「ジャネットさん!?　なんか怖いです！　よだれ出てますよ!?」

「よだれは出るものですわ！　だってフェリスが可愛すぎるから！　まだまだ出ますわよ――――‼」

「まだ出るんですか――⁉」

フェリスは着せ替えの嵐に呑《の》まれ、悲鳴を響かせた。


「ごめんなさい……。ちょっと、冷静さを失っていましたわ……」

洋服店を出たジャネットは、うなだれて大通りを歩く。

着せ替え人形にされて目を回していたフェリスは、咎《とが》めることもなく朗らかに笑う。

「だいじょぶです！　ジャネットさんが故障するのは慣れてますから！」

「フェリスは心が広いですわね……」

感謝しつつも、そんなにしょっちゅう故障すると思われているのかと、少し哀《かな》しい気持ちになる。フェリスには、もっと素敵なお姉さんだと思われていたい。

買った服は女子寮に送ってもらうことにしたので、二人は身軽だった。スキップ気味なフェリスの隣で、ジャネットは次の目的地を一生懸命考える。

当初の予定では、フェリスの好きな知識を得られるよう書店に入るつもりだったが、さっきの反応だとまた遠慮される可能性が高い。ラインツリッヒ家の財力なら本なんていくらでもプレゼントできるのだけれど、フェリスを萎縮《いしゅく》させすぎるのも申し訳ない。

ジャネットは本人に尋ねてみる。

「そういえば、フェリスって演劇は観たことありますかしら？」

「えんげき、ですか？　いえ、食べたことないです」

フェリスは真剣だった。

「食べ物じゃなくて、観るものですわ。お話の中身を、俳優たちが舞台の上で演じてみせるんですの」

「ウソをつくってことですか？」

「ウソじゃなくて、演技ですわ。本で読むのも楽しいですけれど、本物の人間が演じていると、また違った楽しさがあるんですのよ」

「よく分かんないですけど、面白そうです！」

「じゃあ、次は劇場に行ってみましょうか」

「はい！」

期待に瞳を輝かせるフェリスを連れ、ジャネットは劇場に向かった。

ちょうど劇場では、王都で流行《はや》りの小説を元にした劇が始まるところだった。無敵の魔術師と可憐《かれん》な姫君の、切ない運命を描いた物語。劇団で双璧を成す人気女優の二人が、それぞれ魔術師と姫君の役を演じている。

「ああっ、どうして去ってしまわれるのですか、魔術師様。私の心臓は、もうとっくにあなたのものだというのに！」

「仕方がないのです、姫よ。私と貴女《あなた》では釣り合わない……私たちは決して結ばれることはないのだから」

涙を流す姫君を、魔術師がそっと胸に抱き寄せる。

劇場を満たす観客たちのあいだから、うっとりとため息が漏《も》れる。

「とってもロマンチックですわ……。ね、フェリスもそう思いませんこと？」

ジャネットが隣を見やると。

フェリスは、目をまん丸にして固まっていた。その顔に浮かんでいる感情は『無』である。初めて演劇を見た猫ですらここまで無になれないだろうほどの無である。

「ろまん、ちっく、です……………？」

ぎこちなく同意しつつも、恐らくまったく内容を理解していない。

「ちょっと難しかったですかしら……？」

「すごく難しいです……。どうして、お姫様は心臓を取られちゃったんですか？」

「取られたわけではないのですけれど……」

「人間を結ぶのって大変だと思います……紐《ひも》じゃないですし……」

「そうですわね……」

比喩表現がピンと来なかったらしい。普段、フェリスが好《この》んで読んでいるのは勉強用の参考書か小さい子向けの絵本ばかりだし、大人の感情の機微《きび》には疎《うと》いのだろう。

フェリスは不思議そうに舞台を指差す。

「あと……あのお姉さんたちは、どうして口をくっつけようとしてるんですか？」

「そこは見ちゃダメですわー！」

ジャネットは慌ててフェリスの目を塞《ふさ》いだ。この劇は、いろんな意味でフェリスには十年早かったようだ。

劇場を出た二人は、今度はレストランに向かった。上演中からフェリスのお腹《なか》が鳴りっぱなしで、ジャネットは可哀想《かわいそう》になってきたところだった。

二人がテーブルにつくと、給仕がメニュー表を運んできて、真っ白なテーブルクロスの上に恭《うやうや》しく広げる。

店内には、吟遊詩人《トルバドゥール》の掻《か》き鳴らすリュートの音色が流れていた。客が会話を楽しめるよう、歌詞のついていない落ち着いた楽曲だ。

以前、ジャネットの父親グスタフが連れて行ってくれた高級店『ボジュエール・プレニエール』に比べるとカジュアルな店だが、肉料理やスイーツなど若者向けのメニューが多いので、魔法学校の生徒たちには評判だ。

「フェリスはなにを召し上がります？」

ジャネットが尋ねると、フェリスは握り締めたメニュー表から顔を上げる。

「ケーキと、タルトと、シュークリームと、パフェと、プリンがいいです！」

「甘いものばかりですわね。バランスがよろしくないのでは？」

げんこつを突き上げるフェリス。

「じゃあ、マドレーヌも食べます！」

「ばっちり甘いですわ！　もっといろんなものを食べないと、大きくなれませんわよ？」

「ジャネットさんは、わたしに大っきくなってほしいんですか？」

「えっと……それは……」

改めて訊《き》かれると、ジャネットは返答に詰まる。

先日の夢に出てきた女王様のように、大人っぽいフェリスも魅力的だ。しかし、目の前でちんまりと首を傾《かし》げているフェリスの、抱き締めてどこかにさらってしまいたくなるほどの可愛《かわい》さには勝てない。

「ジャネットさんのお願いなら、わたし、いーっぱい大っきくなります！　砂ゴリラみたいにムキムキになって、素手でリンゴを潰《つぶ》しちゃいます！」

「やっぱり大きくなっちゃダメですわ！」

ジャネットは肝《きも》を潰して止めた。

「ふえ？　どしてですか？」

「フェリスは今のままが一番可愛いからですわ！　もうなにも食べてはいけませんわ！」

「なにも食べないのはお腹空《なかす》きますよう……」

フェリスは悲しそうな瞳でジャネットを見上げてくる。お腹はくーくー鳴っている。

そんな目で見られたら、ジャネットは抗《あらが》えない。結局は大量のスイーツを注文し、色とりどりのお菓子がテーブルに運ばれてくる。

ジャネットはその中からマドレーヌをつまみ、フェリスに差し出した。

「フェ、フェリス……？　どうぞ召し上がれ……？」

「食べさせてくれるんですか？」

「え、ええ。フェリスが嫌でなければ……」

「イヤじゃないです！　ジャネットさん、やさしーです！」

無邪気に喜ぶフェリス。あーん、と愛らしく口を開き、薄桃色の舌が覗《のぞ》く。

──こんな幸運があるなんて……！

ジャネットは鼓動を速めながらマドレーヌをフェリスの口に近づけていく。緊張しすぎて震える手から、マドレーヌがこぼれ落ちた。

あっとジャネットが驚く暇もなく、反射的にフェリスがテーブルの下に転がり込む。

「落ちたモノを食べちゃダメですわー！」

ジャネットは慌ててフェリスを捕まえる。が、フェリスはとっくにマドレーヌをくわえてしまい、むぐむぐとすべて呑《の》み込もうとしている。

「もっふぁいないです！」

「好きなだけ追加で注文してよろしいですから！」

「これ食べてからでもいいですか⁉」

「それは食べちゃいけませんわー！」

「なんふぇですか？」

「汚いからですわ！」

「汚くないです！　わたし、魔石鉱山でカビが生えたパンも食べてましたから！」

「フェリス……」

不憫《ふびん》な過去にジャネットが涙ぐんでいるあいだに、マドレーヌはフェリスのお腹に消えてしまう。無理やり引きずり出すわけにもいかないし、今後はフェリスの前で食べ物を落とさないよう注意しなければならない。

スイーツを思う存分堪能してから、二人はレストランを出た。

――うう……。いつか必ずフェリスに『あーん』をしてさしあげますわ……。

結局チャンスを逃《のが》してしまったジャネットは、悔しさにげんこつを握り締める。

そんなジャネットの袖《そで》を、フェリスがくいくいと引っ張った。

「ジャネットさん、ジャネットさんっ。次、わたしも一緒に行きたい場所があるんですけど、いいですかっ？」

「もちろんですわ。どこですの？」

「ないしょです！」

「え～、内緒ってどこですの？」

「ないしょです～♪」

ご機嫌なフェリスに手を引かれ、ジャネットは夢心地で大通りを歩く。フェリスと二人きりでお出かけするだけではなく、手まで繋《つな》げるなんて、自分は今日で死んでしまうのではないだろうかと感じる。

フェリスに案内されたのは、表通りから外れて路地を通り、ちょっとした空き地のようになった場所だった。

周囲を家々に囲まれた空間に、雑然と樽《たる》や丸太が置かれ、猫が何十匹も集まっている。白猫、黒猫、三毛にキジ、ふわふわした猫からスリムな猫まで、種類も様々だ。伸びをしたり、互いに毛をなめ合ったりと、ほのぼのした空気が溢《あふ》れている。

しかも猫たちは人なつっこく、フェリスとジャネットが現れても逃げようとしない。ジャネットの周りに鳴きながら寄ってきて、体を擦《こす》りつける。

「こ、ここは……天国ですわ……！」

ジャネットは感動に打ち震えた。たまらず手近の猫を抱え上げ、胸に抱いて頬《ほお》ずりする。やわらかな毛皮に顔をうずめて深呼吸する。

「すぅ……はぁ……すぅぅぅぅぅ……はぁぁぁぁぁ……」

「ジャネットさん……？」

フェリスから不安そうな目を向けられ、我に返るジャネット。

「これは浮気ではございませんわよ!?」

「うきわ……？」

フェリスはきょとんと小首を傾《かし》げる。

「つい夢中になってしまいましたけれど、わたくしが本当に吸いたいのは猫ではありませんから！　フェリスですから！」

「なにを吸うんですか!?」

「養分ですわ！」

「わ、わたし、骨ばっかりで栄養ないと思うんですけど……」

フェリスはちょっと怯《ひる》んでいる。どうやらジャネットに食べられてしまうと勘違いしているらしい。

黒猫がフェリスの胸に飛び込んできた。その勢いにフェリスは尻餅《しりもち》をつき、黒猫を抱き締める。黒猫はじたばたもがいてから、フェリスの胸の中に落ち着く。

「わたしも、にゃーって大好きです」

「可愛《かわい》いですものね！」

フェリスの次くらいに、とジャネットは小さな声でごにょごにょとつぶやく。

「可愛《かわい》いのも好きなんですけど、わたし、にゃーのお陰でジャネットさんと仲良くなれましたから」

「猫のお陰……？」

フェリスは元気良くうなずく。

「はい！　木の箱に入っていたにゃーに、ジャネットさんと一緒にごはんをあげたりしましたよね」

「え、ええ……」

「あれからジャネットさんといっぱいおしゃべりできるようになって、お友達になれて、お出かけまでできて、わたし嬉《うれ》しいです！　だから、にゃーは大好きなんです！」

「フェリス……」

眩《まばゆ》い笑顔を向けられ、ジャネットは胸がうずくのを感じる。ジャネットにとって大切な思い出を、フェリスもしっかり覚えていてくれたのだ。

「わたくしも……フェリスと仲良くなれて嬉しいですわ。わたくし、今まで友達なんてできませんでしたけれど、フェリスのお陰で楽しいことがたくさん増えて。お父様やお母様ともたくさん過ごせるようになって。全部、フェリスのお陰ですの」

「わたしもジャネットさんと一緒だと、すっごくたのしーです！」

えへへー、とフェリスがジャネットに頭をもたせかけてくる。距離が近すぎて、ジャネットはカチコチに緊張してしまう。

「あーっ！　みーつけた！」

朗らかな声が響き渡り、大空から天使ヨハンナが舞い降りてきた。真っ白な羽根を散らして着地し、フェリスの抱いている黒猫を抱き上げる。

「さすがヨハンナじゃの」

黒猫が形を変えながら大きくなり、少女の姿に変貌した。漆黒《しっこく》の髪に漆黒のドレス。黒《こく》雨《う》の魔女レインだ。

「レインさんでしたの!?」

「うむ。フェリスとジャネットの仲睦《なかむつ》まじい様子、しかと見ておったぞ。なんともこそばゆい密会をしおって」

「み、密会というわけでは……ございませんわ……」

二人きりだとばかり思っていたジャネットは、羞恥心《しゅうちしん》に身悶《みもだ》えする。警戒していなかったせいで結構大胆なことを言ってしまっていたから、尚更。

フェリスが尋ねる。

「レインさんとヨハンナさんは、なにをしていたんですか？」

「かくれんぼよ！」

「黒雨の魔女と天使が、かくれんぼ……？」

古代世界を震撼《しんかん》させた災厄《さいやく》と、天上の神聖なる存在が、平和ボケしたものだ。魔術史学の教師であるロッテが聞いたら、目を白黒させることだろう。

「しかしヨハンナは勘が良すぎて、猫に変化《へんげ》しても逃げられぬのう」

「うふふ。たとえ地獄の底にいようと、わたしは必ずレインを見つけてみせるわ」

「わらわもじゃ。もう二度とヨハンナの姿を見失ったりはせぬ」

「レイン……」

「ヨハンナ……」

魔女と天使は両手を組み合わせ、互いを見つめ合う。二人の世界に入ってしまっていて、他の存在は忘れ去られている。

「あいかわらずラブラブですわね……」

「仲良しさんですー！」

ジャネットは呆《あき》れつつも羨《うらや》ましい。ジャネットとフェリスはまだ出逢《であ》ったばかりだけれど、何千年もの永《なが》き歳月にわたって想い合う絆とは、いったいどんなものなのだろうか。短命な人の身では想像もできない。

「レインさんとヨハンナさんも、でぇとなんですか？」

「あら、女王様も？」

「はい！　ジャネットさんとでぇとです！　わたしたち、こいびとになったんです！」

「あらまあ……」

ヨハンナは目を丸くした。

「真実の女王の恋人になるとは、恐れを知らぬ人間じゃな。探求者《たんきゅうしゃ》たちに殺されるぞ」

「殺され……？」

青ざめるジャネット。

「灰も残らんじゃろな」

「た、たとえ志半《こころざしなか》ばで命尽き果てようと、わたくしはフェリスの恋人になれるなら本望ですわ――――！」

ジャネットは胸に手を当てて高らかに宣言する。

「かっこいいですー！」

目をきらめかせて見上げるフェリス。

「そうですわ！　わたくしは格好いいのですわ！　探求者たちなんて、わたくしの超絶魔術でちょちょいのちょいですわ！」

などと豪語しつつ、探求者たちの下《した》っ端《ぱ》に誘拐《ゆうかい》されたときは手も足も出なかったジャネットである。あのときのことを思い出すだけでみぞおちの辺りが沈み込むのを感じる。

ヨハンナはフェリスの耳元に顔を寄せ、口の周りを手で囲んでささやく。

「デートなら、ジャネットにキスしてあげると喜ぶわよ。レインもとっても喜ぶの」

「おいヨハンナ⁉ そなたはなにを口走っておるのじゃ⁉」

赤面するレイン。

「なにって、いつもしていることを言っているだけよ？」

「いつもってほどではないじゃろが！ ときどきじゃ！」

「つまり、レインはもっとキスしてほしいのね？」

「うぐ……それは……」

泣く子も黙る災厄《さいやく》の魔女が、天使にからかわれてたじろいでいる。ヨハンナは顔を背《そむ》け、わざとらしく腕組みしてほっぺたを膨らませる。

「正直に言ってくれないと、もうしてあげないっ」

「そんな無体な……」

「どうなのかしら、レイン？ あなたの気持ち、ちゃんと教えてほしいわ？」

人差し指で顎《あご》を持ち上げられ、レインは赤面してつぶやく。

「……してほしい」

「なにをかしら？」

「ヨハンナに、もっとキスしてほしいのじゃ！」

破れかぶれの自白。

「よく言えました♪」

ヨハンナがレインを抱き寄せ、唇を近づけていく。

「きゃー!?　こんなとこでなにしてますの!?」

ジャネットはフェリスの目を塞《ふさ》いで自分も視線をそらした。仲のいい天使と魔女だとは思っていたが、そこまでの関係だったとは。驚くと同時に羨《うらや》ましい。

「きすって、ほっぺたとかおでこにちゅってすることですよね？　それをすると、ジャネットさんが喜んでくれるんですか？」

「ほっぺたやおでこじゃなくて～、口にしてあげなきゃダメよ」

「ちょっとヨハンナさん!?」

天使がとんでもないことを教授し始め、ジャネットは焦る。その情報はフェリスには早すぎるのではないだろうか。ジャネットにも早すぎる感じはする。

「……くち？」

目をぱちくりさせるフェリス。ヨハンナはうなずき、ジャネットを指差す。

「ええ。恋人同士のキスは、口にするの。今度ジャネットにしてあげるといいわ」

「はいっ！　がんばりますっ！」

フェリスは意気込む。

「も、もう行きますわよ！　いつまでもここにいたら、フェリスが悪い子になってしまいますわ！」

ジャネットはフェリスを引っ張り、ヨハンナたちのところから逃げ去る。あの二人は二千年くらいジャネットの先を進んでいて、とてもではないが追いつけない。

ジャネットとフェリスは、大通りの西に位置する広場にやって来た。

中央の台座に埋め込まれているのは、魔法学校の開祖がトレイユの街に贈った魔法のクリスタル。尽きることなく水を噴き上げ、七色に輝かせている。噴水の周りにはベンチが置かれ、住民や生徒がくつろぎの時間を過ごしていた。

「……ふう」

ジャネットはベンチに腰掛けてため息をついた。

「ふー」

フェリスも足を跳ね上げて隣に座り、しかめっ面《つら》でため息を真似《まね》する。気品に満ちた令嬢のやることを見倣《みなら》えば、自分も素敵なお姉さんになれるかもしれないとの考えである。

そんなフェリスの尊敬も知らず、ジャネットはさっきの衝撃的な光景が脳裏から消えない。この広場はデートスポットになっているのか、他のベンチにいちゃいちゃしている人々が多く、嫌でも視線が誘われる。

ジャネットの視線をたどり、フェリスはぽんと手を叩《たた》いた。

「きす、しましょう！」

「はい⁉」

肩を跳ねさせるジャネット。

「こいびと同士のきすをすると、ジャネットさんは喜んでくれるんですよね？　わたし、ジャネットさんに喜んでほしいです！」

「よ、よろしいんですの……？」

「だいじょぶです！　わたし、ジャネットさんに、いっぱい恩返ししたいです！」

邪心の欠片《かけら》もない澄み切った瞳で、フェリスがジャネットを見上げる。恋人の意味とか、キスの意味とか、どうもよく分かっていない様子だが、こんな幸運は逃《のが》せない。

――大貴族ラインツリッヒの娘として、決めるときは決めないといけませんわ！

ジャネットは勇気を振り絞って、フェリスの小さな肩に手を置いた。

「じゃ、じゃあ、行きますわよ……？」

「はいっ！」

フェリスは元気にお返事し、背筋を伸ばして待機する。

そのあどけない唇に、ジャネットはゆっくりと唇を寄せていく。宝石のように綺麗《きれい》なフェリスの瞳が、ジャネットを真《ま》っ直《す》ぐ見つめている。ジャネットの心臓はバクバクと鳴り、まともに呼吸もできない。膝《ひざ》が震えてベンチから崩れ落ちそうだ。

「や、やっぱり……むり、ですわ……」

最後の最後というところで、ジャネットは力尽きた。

「どしたんですか？」

首を傾《かし》げるフェリス。

「勇気が……出なくて」

「わたし、知ってます！　そういうのって、『へたれ』って言うんですよねっ！」

「なっ⁉　どうしてそんな言葉を……」

「ロッテ先生が教えてくれました！　ジャネットさんは『へたれ』さんなんですか？」

無邪気なフェリスからストレートに訊《き》かれ、ジャネットは傷口に塩を擦《す》り込まれるような感覚に悶《もだ》える。

「その通りですわ……わたくしは救いようのない世界一のへたれさんですわ……」

乾いた笑い。ジャネットはちょっと泣いていた。

「だ、だいじょぶですか⁉　わたし、なにかひどいこと言っちゃいましたか⁉」

「なにもひどくありませんわ……だって本当のことですもの……うふふふ……」

「ジャネットさぁん……」

自分のせいでジャネットが落ち込んでしまい、フェリスは申し訳なくなる。なんとかして復活してもらう方法はないかと頭を捻《ひね》り、良いアイディアを思いつく。

「えいっ」

「っ⁉」

フェリスがジャネットの頭を抱き寄せ、膝《ひざ》に寝かせた。

ベンチの上で手足を縮め、ジャネットは目を丸くする。

「え、えっと……これはどういうことですの……？」

「膝枕です！　わたしがしょんぼりしているときとか、アリシアさんがよくしてくれるんです。お膝で頭撫《な》で撫でされると、すっごく落ち着くんですよー」

「アリシア……いつもフェリスにそんなことを……！」

憤怒《ふんぬ》の炎を燃やすジャネットだが、それはそれとしてフェリスの膝枕は嬉《うれ》しい。

ほっそりした太ももの上で頭を横たえているだけでも心地よいのに、フェリスが小《ち》っちゃな手の平でジャネットの頭を撫でてくる。

フェリスのやわらかな指が、愛《いと》おしむように髪をすく。その指が触れたところから肌が温かくなり、ジャネットは頭がぼんやりしてくる。

相手は自分より小さな女の子のはずなのに、圧倒的な安心感と幸福感に包まれ、夢心地になってしまう。広場の雑音は消え、人々の姿も消え、フェリスしか見えない。

フェリスの瞳が、黄金色に輝いた。まるで、プロクスの戦場で真実の女王として覚醒したときのように。そして、ジャネットが夢で見たあの女王のように。

「ジャニス……あなたは本当に可愛《かわい》らしいですね」

フェリスの喉《のど》から、大人の女性の美しい声がこぼれた。

「女王様……」

ぼんやりとした意識の中で、ジャネットは自分がそうつぶやくのを聞く。自分の言葉のはずなのに、自分で制御できない。フェリスの様子が普段と違っていることに、違和感を覚える理性もない。

ただ、優しくとろけるような空気に、夢心地のまま甘える。

「女王様の手……気持ちいいです……」

ジャネットはフェリスの手を自分の頬《ほお》に押し当てた。なめらかな手の平を通して、溢《あふ》れんばかりの魔素《まそ》が流れ込んでくるのを感じる。

フェリスは大人びた表情で、くすりと笑う。

「浮世《うき》で飢えた魂が、わたしの魔素を必要としているのでしょう」

「違います！　女王様の魔素は美味《おい》しいですけど、私は女王様に触れられるのが好きでっ……もっと触れていいてほしくて……！」

「分かっていますよ、ジャネス。わたしもあなたに触れるのが大好きですから」

「ああ……女王様……」

与えられる言葉の一つ一つが、体に染み込んできて、ジャネットはさらなる幸福感に呑《の》み込まれていく。

「プロクスでは、あなたに苦しい思いをさせてしまいましたね。中途半端に目覚めたせいで、制御が行き届かなかったのです」

「いいんです……。女王様の邪魔をした私が悪いんですから……」

「ジャニスは素直で良い子ですね」

「私は素直で良い子です……。女王様のためなら、どんな軍勢だって殺し尽くしてみせます……」

「可愛《かわい》いジャニス。ご褒美に、たくさん魔素を飲ませてあげましょう」

フェリスの指が、ジャネットの唇のあいだに差し込まれた。その指先から、膨大な魔素が流れ込んでくる。灼熱《しゃくねつ》の奔流《ほんりゅう》となって、ジャネットの体内を満たしていく。

「…………っ!!」

頭の中で火花が散るような感覚に、ジャネットは目を見開いた。

二人の体が眩《まばゆ》い光輝に包まれ、魔素の嵐が渦を巻く。ジャネットの手足の隅々までもが、人知を超えた力に埋め尽くされていく。脳裏に膨大なイメージが浮かび上がり、理解不能な文字列が高速で舞い踊る。

「これであなたも、目が覚めることでしょう」

フェリスの瞳から黄金の光が消え、大人びた表情が失《う》せた。

同時にジャネットの意識も、夢心地から現実に戻る。視界に青空や噴水が戻り、雑然とした人々の話し声も聞こえてくる。

「……ジャネットさん？　どうしてわたしの指をちゅーちゅーしてるんですか？」

「きゃー!?」

フェリスに首を傾《かし》げられ、ジャネットは跳ね起きた。

「今のが、こいびと同士のきすなんですか？」

「違うと思いますわ……」

なぜこんなはしたないことをしてしまったのか、自分でも分からない。記憶も混濁《こんだく》していて、フェリスの瞳が黄金色に輝いてからのことをよく覚えていない。

それはフェリスも同じで、ジャネットの頭を撫《な》で始めてからの記憶が皆無だった。暖炉《だんろ》の火に当たりすぎたときのように体が熱くて、頭がくらくらしている。この感覚は、プロクス王国で暴走したときに経験したものと同じだ。

——またわたし、変になっちゃったんでしょうか……？

不安に駆られて広場を見渡すが、特に変化はない。建物が壊れているわけでも、住民たちが悲鳴を上げているわけでもない。とりあえず、暴走はしていないようだ。

「おーい！　フェリスー！　ジャネットー！」

中央通りの方から、テテルとアリシアがやって来た。

「どうして二人がここに？」

訝《いぶか》るジャネット。

「寮でじっとしているのも退屈だったから、テテルさんとお散歩していたの。いいところだったみたいだけれど、お邪魔だったかしら？」

アリシアはからかうようにジャネットの顔を覗《のぞ》き込む。

「そ、そういうのじゃありませんわ！」

「でも、フェリスに膝枕《ひざまくら》してもらってなかった？　遠くからはそういうふうに見えたのだけれど……」

「気のせいですわ！　目の錯覚ですわ！」

真っ赤になって否定するジャネットだが、フェリスは誇らしげに胸を張る。

「ジャネットさんに膝枕してました！」

「フェリス――!?」

「やるね、ジャネット！」

テテルが親指を立てる。

「あと、ジャネットさんに指をちゅーちゅーされました！」

「それはやりすぎじゃないかしら……。ちょっと付き合い方を考え直させてもらうわね」

ジャネットから距離を置くアリシア。

「ち、違っ……！　わたくしもなぜああなったのか記憶にございませんの！」

「記憶にございませんだなんて、悪い大人の見本だわ……」

「ジャネットさんは悪い大人なんですか？」

アリシアが眉をひそめてフェリスを腕の中に守り、フェリスは不思議そうに目を瞬《しばたた》いている。

「本当に記憶にございませんの――！」

ジャネットの悲痛な叫びが広場に響き渡った。


結局、フェリス、ジャネット、アリシア、テテルは合流して、四人でトレイユの街を回ることになった。

「フェリス、向こうのお菓子屋さんに、スノードロップ売ってるんだよ！　行こ！」

「スノードロップってなんですか？」

「えっとねー、甘くて冷たくて、雪玉みたいなお菓子！」

「わー、楽しみですーっ！」

テテルとフェリスが連れ立って走って行く。

その後ろを見守るように歩くジャネットとアリシアは、小さな子供を散歩させる親の立ち位置だ。

「うぅ……二人っきりのデートのはずでしたのに……」

へこみまくっているジャネットに、アリシアは反省する。

「ごめんなさい。私とテテルさんは、別行動した方がいいかしら?」

「そこまでしなくていいですわ……。フェリスも楽しそうですし……」

「良かったわ。私もジャネットと一緒に遊びたかったから」

直球で告げられ、ジャネットは耳を赤くする。

「そっ、そういうことなら、遊んでさしあげても構いませんわ!」

「ジャネットは単純で可愛《かわい》いわね」

「なにかおっしゃいまして?」

「なにも――」

睨《にら》みつけるジャネットと、口元を手で覆って笑うアリシア。

入学当初からジャネットとはケンカばかりだった――というより、ジャネットがひたすら突っかかってきていた――けれど、こうやって普通に友達として戯《たわむ》れることができるのは楽しい。ジャネットと遊びたかったというのも、決して嘘《うそ》ではない。

ジャネットがつぶやく。

「それに……あのままフェリスと二人でいたら、自分を見失ってしまっていたような気がして怖いんですの」

「フェリスになにをするつもりだったのかしら」

アリシアはジャネットから距離を置いた。

「そういう見失い方じゃありませんわ！　プロクス王国で暴走したときみたいにフェリスの目が金色になって、それからしばらくの記憶がフェリスもわたくしもないんですの」

「記憶がないって、ただの言い訳じゃなかったの？」

ジャネットは憤然と主張する。

「信じられないなら、フェリスにも確かめてくださいまし！　とっても幸せだったのは覚えていますけど、それ以外のことはほとんど覚えていませんの」

「そう……」

嘘をついている様子ではなく、アリシアは嫌な予感がした。

プロクス王国での惨事と同じようなことが、また起きようとしているのだろうか。だが、今回はアリシアが大怪我《おおけが》をしたりと追い詰められたわけではなく、なんのきっかけもなかったはずだ。

ひょっとして、あのときフェリスが元に戻ったというのが、そもそもの勘違いなのだろうか。自分たちは、既に越えてはいけない一線を越えてしまっているのではないか。

「アリシア……？　なにを難しい顔をしているんですの？」

「ううん。もしフェリスがまた……あのときみたいに暴走したら、どうする？」

「それは、また止めるに決まっていますわ！」

ジャネットは腰に手を当て、堂々と宣言する。

「私たちに、できるのかしら」

「できなくてもやるしかありませんわ！　フェリスには優しいままでいてほしいですもの！」

猪突猛進《ちょとつもうしん》のジャネットに、アリシアは少し羨《うらや》ましくなってしまう。そのためらいのない真《ま》っ直《す》ぐさが、天使や召喚獣を支配する女王を止めた力の源《みなもと》なのだろう。いろいろと考えすぎてしまうアリシアには真似《まね》できない。

「……あなたがいてくれて、良かったわ」

「きゅ、急になんですの？　わたくしを陥《おとし》れようとしていますの？」

アリシアは素直な気持ちを伝えただけなのに、ジャネットは警戒する。

四人は菓子店でスノードロップを買い求め、道端で口に放り込んだ。実家では格式張ったマナーを要求される令嬢たちも、寄宿学校生活が長いと庶民の習慣にも慣れてくる。

手の平に載るくらいの小さくてカラフルな雪玉が、口の中で爽《さわ》やかに溶けていく。色ごとに違う味がついていて、オレンジ色はオレンジ味、青はミント味、ピンクはイチゴ味で中にイチゴの果肉入りと、工夫が凝《こ》らされている。

フェリスは両手でほっぺたを抱えて震える。

「ん～っ、ひんやりあまあまで、おいし～ですっ！」

「でしょー！　いっぱい走った後に食べると最高なんだよー！」

テテルは三つくらいのスノードロップをいっぺんに頬張《ほおば》っている。

「全部食べるのもったいないです！　わたし、大事に持って帰ります！」

「持って帰ったら溶けるんじゃないかしら。最近、暖かいし」

「じゃあじゃあっ、魔法で国中寒くしますっ！」

「国が滅びますわ！」

フェリスの力だったら普通にやれそうなところが恐ろしい。魔術を発動しようとフェリスの振り上げた手を、アリシアは即座に握り締める。

「また街にお出かけしたときに食べましょうね」

「はいっ！　楽しみですー！」

無垢《むく》な笑顔のフェリスだが、バステナ王国は存亡の危機に晒《さら》されたばかりである。プロクス王国のときのようにドラゴンや天使の軍勢を呼び出さなくても、フェリスの破壊力は単体で凄《すさ》まじい。きちんと監督しておかなければ大変なことになってしまう。

フェリスたちがトレイユの街を散歩していると、テテルが声を上げた。

「……あれ？」

「どしたんですか？　なにかおいしそうなもの落ちてましたか？」

「たとえ落ちていたとしても、拾い食いはダメよ？」

アリシアは念を押しておく。

「そうでした！」

すべての教科で百点を取るくらい物覚えの良いフェリスなのに、文明社会のしきたりについてはなかなか馴染《なじ》んでくれない。いろんな意味で危なっかしい。

「食べ物は落ちてないんだけど……なんか、探求者たちの術師がいた気がしたんだよね」

「ふえええええっ⁉」

「どこですの⁉」

跳び上がるフェリスとジャネット。

「向こうの、八百屋さんの辺り」

テテルが指差した方向に少女たちは目を向けるが、術師らしき人物は見当たらない。中年の女性客たちが店主と雑談に花を咲かせているだけだ。

「いないわね……」

「んー、気のせいかな。こんなとこに探求者たちがいるわけないもんね」

「可能性としては……あり得ますけれど……」

フェリスはこぢんまりと腕組みして、小さな眉間《みけん》に皺《しわ》を寄せる。

「お野菜、買いに来たんでしょうか？」

「その可能性はないと思いますわ」

「探求者たちはお野菜食べないんですか？　体に悪くないんですか？」

いつもアリシアから『野菜も食べないと大きくなれないわ』と説かれているフェリスは心配する。

「野菜は食べるでしょうけど、そんなことのためにわざわざトレイユに来るとは思えませんわ。ここは魔法学校のお膝元《ひざもと》、怖い先生がたくさんいるのですから」

「なるほどです！　イライザ先生がいますもんね！」

フェリスは力強く納得するが、それを本人に聞かれたら余計に怖い思いをすることになるのではと危惧《きぐ》するアリシアである。

「探求者たち、なにをしに来たのですかしら……。まさか、また魔法学校を占領して、生徒から魔力を集めようとしていたり……？」

「大変ですー！」

テテルが笑って手を振る。

「ごめんごめん、多分見間違いだよー。似たようなローブ着てたら、みんな探求者たちに見えちゃうもんね」

「そ、そうですわよね！　今日はせっかくのお休みなのですから、変なことは考えずに思いっきり遊んだ方がよろしいですわ！」

「わたし、街の外にも行ってみたいですー！」

賑《にぎ》やかに歩き出す少女たちだが、アリシアは懸念を拭《ぬぐ》い去れない。

なにかが、動いている。平和に見える日常も、本当は変わっていってしまっているのかもしれない。今が永遠に続くというのは、幻想なのかもしれない。

そんな予感が、アリシアの胸を騒がせていた。

第三十九章　『探求』

魔法学校の戦闘訓練場で、魔術戦闘のトレーニングが行われている。

今日の授業は、一対一の模擬戦だ。半透明の魔法結界に囲まれた敷地の中、生徒たちは本物の魔術をぶつけ合って戦っている。

魔法結界のお陰で威力は弱まり、大怪我《おおけが》はしないように調整されているが、それでも当たれば結構痛い。実戦では激痛に耐えながら敵と対峙《たいじ》する状況もあり得るため、自分の痛みと向き合うのも訓練のうちだ。

フェリスの相手をするのは生徒には危険なので、イライザ先生が受け持っている。フェリスとイライザ先生が攻撃魔術を放ち合う様子は、嵐が降臨したかのような激しさだ。業火が吹き荒れ、氷雪が渦巻いて襲いかかる。他の生徒は近づくこともできない。

フェリスたちの試合を眺めながら、ジャネットとアリシアは訓練場の端に並んで立っていた。

敵対していた以前とは違い、最近はこうやって二人でおしゃべりしていることも多い。暴走していないときのジャネットは、ただの頭脳明晰《ずのうめいせき》で美しい令嬢だ。

「そういえば最近、どうも調子がおかしいんですの」

「ジャネットがおかしいのはいつものことじゃないかしら」

「わたくしのことをバカにしていますの!?」

「いいえ、個性として認めているわ」

「おかしいのはわたくしの個性ではありませんわ！」

ジャネットは憤然としつつも、それがアリシアの戯《たわむ》れだということはなんとなく分かっている。分かっていても乗せられてしまうのが悔しい。

「この前のデートのとき、フェリスの目が金色になったという話はしましたわよね」

「ええ」

アリシアはうなずいた。

「あのときのわたくし、あまり意識はなかったんですけれど……、フェリスのことを『女王様』と呼んでいたのは覚えていますの」

「どうして女王様と……？」

「呼ぼうと思って呼んだわけじゃありませんわ」

普段のジャネットなら、ちゃんとフェリスと呼ぶはずだ。

「これは別の日なんですけれど、不思議な夢も見ましたわ。今まで行ったこともない、神殿みたいな宮殿で、玉座《ぎょくざ》に綺麗《きれい》な女王様が座っていましたの。わたくしはその女王様の膝《ひざ》で頭を撫《な》でてもらっていて……その女王様が、どことなくフェリスに似ていましたの」

「フェリスではなかったの？」

「大人の女性でしたわ。わたくしのことを可愛《かわい》がりながら、『ジャニス』って呼んでいましたわ。わたくしは女王様に、人間の軍勢を狩り尽くしてくるって約束して、張り切っていましたの」

「それは……本当に不思議な夢ね……」

だが荒唐無稽《こうとうむけい》とまでは言い切れないと、アリシアは感じる。召喚獣たちはフェリスのことを女王と呼んでいる。そして召喚獣たちも、プロクス王国で暴走したときのフェリスも、人間を敵対視しているようだった。

「夢は別にいいんですけれど、記憶が飛んじゃうのは困りますわ。また、あんなことをしてしまったら……」

赤ん坊みたいにフェリスの指を吸っていた自分を思い出し、ジャネットは羞恥《しゅうち》で体が熱くなる。決して不愉快ではなく、これまでにないくらい幸せだったけれど、ラインツリッヒ家の娘がやるようなことではない。

「プロクス王国でフェリスの魔力を浴びたときの後遺症かもしれないわね。呪術医《じゅじゅつい》の先生に相談してみたら？」

「あんまり大事《おおごと》にしたくないんですのよね……。フェリスが自分のせいだと思ってしまうのは可哀想《かわいそう》ですし」

「やっ、優しくなどはありませんわ！　普通ですわ！」

赤面するジャネット。

「ラインツリッヒ家の侍医《じい》に診てもらうのは？」

「余計に大事《おおごと》になりますわ。お父様とお母様に報告されてしまいますし……二人ともイジワルですから、わたくしは熱を出すだけで屋敷に閉じ込められてしまいますの。フェリスに会えなくなるのは困りますわ」

「それは意地悪ではないと思うけれど……」

むしろ娘のことを愛《あい》しすぎだ。

「そんなに誰にも知られたくないなら、どうして私に相談したの？」

「それは、その……アリシアは口が堅そうですし……、あなたなら真面目に考えてくれると思っただけですわ」

ジャネットはぷいと顔を背《そむ》ける。耳たぶがうっすらと朱に染まっている。自称ライバルの照れる姿に、アリシアは微笑《ほほえ》ましいものを感じた。

「ジャネットは可愛《かわい》いわね」

「か、可愛くありませんわ！　わたくしは美しいのですわ！」

斜め上の照れ隠しをするジャネットのほっぺたを、アリシアは指でつつく。

「可愛いわ」

「可愛くありませんわ！　なんですの!?　わたくしにケンカを売っていらっしゃいますの!?　だとしたら叩《たた》き潰《つぶ》しますわよ!?　わたくしは無敵ですわ――!!」

真っ赤な顔で叫ぶジャネットに向かって、イライザ先生の声が響く。

「ジャネット・ラインツリッヒ！」

「は、はいっ！」

無敵を豪語していたジャネットが跳び上がる。

「戦闘試合、次はあなたの番です。所定の位置につきなさい」

さもなくば殺します、といった雰囲気の目つきで睨《にら》まれ、ジャネットは大慌てで戦闘訓練場の真ん中に駆け出す。

味方のときは心強いイライザ先生だが、敵に回せば地獄になる。たとえ大貴族の令嬢といえど、容赦はしてもらえない。

いくつかに区切られた戦闘スペースの中で、ジャネットの前に対峙《たいじ》しているのはテテルだった。

元気いっぱいに腕を振って跳ねている。

「やったー、ジャネットと勝負だー！　あたし、一度ジャネットと全力で殴り合ってみたかったんだよねっ！」

「手加減なんてしたらジャネットに失礼だから、全力でやるよ！　全力で‼」

ウォーミングアップのつもりなのか、テテルは上機嫌で地面に足を叩《たた》きつける。それだけで地響きが轟《とどろ》き、地面が陥没する。

「なんでこんなときに限って授業態度がよろしいんですの……！」

ジャネットは震えながら自分用の杖《マイステッキ》を握り締める。

テテルの桁外《けたはず》れな攻撃力と耐久力は、これまでの付き合いで思い知らされている。四階から墜落しても平然としているテテルと戦って、尋常な人間が無事で済むはずがない。

「じゃー、いっくよー！」

「きゃー⁉　まだ心の準備ができていませんわー！」

悲鳴を上げるジャネットだが、テテルは遠慮なく突撃してくる。全身の皮膚に浮かび上がる紋様《もんよう》。高らかに跳躍し、獲物を狩る猛禽類《もうきんるい》のように飛びかかってくる。

拳の凶暴な風圧。ジャネットはぎゅっと目をつぶって早口で言霊《ことだま》を唱える。

「天翔《あまかけ》る風よ、静かなる刃《やいば》よ、我が力となり、蠢《うごめ》く敵を切り裂け――スライスエッジ‼」

杖《つえ》の先から太い稲妻が四方に広がり、戦闘訓練場の魔法結界に突き刺さった。結界に走る亀裂。重苦しい衝撃音と共に、杖の先端を中心にして大きな魔法陣が展開する。そこから真っ青な空気の塊が産み出され、テテルに襲いかかった。

えっ……と、テテルとジャネットの両方が困惑の声を漏《も》らす。

直後、碧《あお》い空気の塊が爆発し、テテルを吹き飛ばした。

テテルは凄《すさ》まじい音を立てて魔法結界に叩きつけられ、そのまま場外へと飛んでいく。

荒れ狂う嵐に術師のジャネットまで吹き飛ばされ、観戦していた生徒たちも薙《な》ぎ払われる。

もうもうと吹き上がる粉塵《ふんじん》の中で、アリシアはフェリスを腕の中にかばいながら、呆然《ぼうぜん》とつぶやく。

「なに……この威力……？」

「わたくしが……やったんですの……？」

呆気《あっけ》に取られているのはジャネットも同じ。

風魔術スライスエッジは何度も使っているが、素早く動く目標を複数のカマイタチで仕留める機動性の高い魔術であって、破壊力はたいしたことがない……はずだ。特にブーストアイテムを使ったわけでも、言霊をいじったわけでもないのに、なぜこれほどまでの効果が生まれたのか。

イライザ先生が眼鏡を指で上げ、厳しい面持《おもも》ちで近づいてくる。

「ジャネット・ラインツリッヒ。あなたはいったいなにをしたのですか」

「な、なにもしていませんわ！　わたくしは普通に魔術を使っただけで！」

「なにもしていないはずがありません。あなたが言霊《ことだま》を詠唱《えいしょう》した瞬間、異常な量の魔力が放出されるのを感じました。許可がなければ授業中に増強系の魔導具を使うのは禁止だと教えたのを忘れたのですか」

イライザ先生は教鞭《きょうべん》で手の平を打ち鳴らしている。ひりつくような圧迫感。返答次第ではただで済まないのは明白だ。

「で、でも……わたくしは……」

ジャネットが涙目で釈明の言葉を探していると、アリシアが割って入る。

「嘘《うそ》は言っていないと思います。私もしっかり見ていましたけど、道具を使っているようには見えませんでした」

「アリシア……！」

フェリスも助け船を出す。

「そういえば、プロクス王国に行ってから、ジャネットさんの魔力が強くなった気がしてました！」

「そ、そうなんですの？」

「はいっ！　わたしの気のせいかなーって思ってたんですけど、ホントだったんですね」

「やるねー、ジャネット！」

いつの間にか戦闘訓練場に戻ってきているテテル。あれだけ強力な魔術を浴びたのに、傷一つ負っていないのはあいかわらずだ。

「そんな急に魔力が増えることはあり得ないと思いますが……。計測してみますから、動かないように」

イライザ先生の教鞭を額に突きつけられ、ジャネットは体を固まらせた。少しでも身動きしたら怒られそうで、息をするのさえためらわれる。教鞭の先に魔法陣が広がり、空中に数字と文字が浮かんでいく。

イライザ先生が眉を寄せた。

「確かに……魔力量が増大していますね。生徒簿に登録されているものより、二倍ほど大きくなっているようです」

「二倍!?」

ジャネットは目を丸くする。どんなに独りで必死に訓練しても、なかなか力が上がらなかったのに。

「ジャネットさん、すごいですー！」

小躍りするフェリス。

「プロクス王国に行ってからということは……フェリスの魔力を浴びたせいかしら？　それでジャネットの魔力が活性化されたとか？」

アリシアは首を捻《ひね》った。

「素晴らしいですわ！　やっとわたくしの時代が来たのですわー！　いえっ、今までもわたくしの時代でしたけど！　もっとわたくしの時代になりますわー！」

ジャネットは腰に手を当てて言い放った。突然とんでもない魔術を繰り出してしまったら普通は不安になるものだろうに、すぐ調子に乗る少女である。

イライザ先生が顔をしかめる。

「呑気《のんき》にはしゃいでいる場合ではありません。さっきの魔術、まともに制御できていなかったではないですか。もう少しで大惨事だったのですよ」

「あっ……」

ジャネットは周囲の惨状を見回した。

戦闘訓練場のあちこちに生徒たちが転がり、もみくちゃになって倒れている。幸い、魔法結界のお陰で負傷は避けられたようだが、これが訓練場の外だったらどうなっていたことか。

「わたくし……どうして……」

ジャネットは青ざめる。

「急に『魔力だけ』成長したせいでしょう。あなたの魔術は、赤子が棍棒《こんぼう》を握ったようなもの。制御力がついていっていないのです」

「初めて魔術を使ったときのフェリスみたいだったねー。あのときは楽しかったなー。ぴしゃーん、ざぱーんってなって！」

テテルは飽くまで能天気だ。災厄《さいやく》レベルのアクシデントも、頑丈なテテルにとってはちょっとした娯楽に過ぎなかったらしい。

イライザ先生が鬼の形相でジャネットを睨《にら》み据える。

「このままでは、あなたには学校から出ていってもらうことになるかもしれませんね」

「ひっ……!?」

立ちすくむジャネット。

そんなことになったら、魔術師団長を務める父グスタフと、由緒正しい魔術師の名家であるラインツリッヒの名に傷がつく。なにより、フェリスのそばにいられなくなってしまうのは耐えられない。

「お、おいしいケーキ、作りますから……」

「賄賂《わいろ》は効きませんよ」

「ううっ……」

ぴしゃりとはねつけられ、ジャネットは涙ぐむ。

フェリスがジャネットの前に走り込んできて、げんこつを握った。

「あのあのっ、特訓すればいいと思いますっ！」

「特訓……ですの？」

「はいっ！　ロッテ先生に教えてもらった、裏山の訓練場があるんですっ！　わたしもそこで特訓して、魔術を制御できるようになったんです！」

アリシアが告げる。

「私もその訓練場でフェリスに魔術の使い方を教えてもらったのよね。お陰で魔術の威力が物凄《ものすご》く上がって、ジャネットに勝てるようになったの」

ジャネットは頬《ほお》を上気させる。

「ということは……わたくしの魔術の制御力と威力もさらに上がる……!?　やっぱりわたくしの時代が来たってことですわね!?」

「なんて立ち直りの早い人かしら……」

呆《あき》れると同時に羨《うらや》ましくなるアリシア。

「はいはーい！　面白そうだから、あたしも参加するー！」

手を挙げるテテル。

「フェリス、是非《ぜひ》お願いしますわ！　このわたくしを、王国最強の魔術師に育て上げてくださいまし！」

「育てるとか難しいことはできないですけど、お手伝いがんばりますっ！」

フェリスはジャネットの手を握って意気込んだ。

放課後、フェリス、アリシア、ジャネット、テテルの四人は学校の裏山に向かった。普段の授業ではもう使われていない、古い戦闘訓練場だ。

「それじゃあ、指導をお願いしますわ！」

ジャネットに押し迫られ、フェリスが尋ねる。

「指導なんてわたしには無理ですし、得意なひとに手伝ってもらってもいいですか？」

「得意な人……？　まさかイライザ先生を呼ぶんですの!?」

ジャネットは怯《ひる》んだ。戦闘訓練にかけては優秀な教官なのかもしれないが、授業以外でまであの苛烈《かれつ》な指導を受けるのはつらいものがある。

「イライザ先生じゃないです。温かいひとと、優しいひとです！」

「それなら……安心ですけれど……」

フェリスが手を掲げて呼ばわる。

「皆さん、お願いしますっ！」

「皆さん……？」

アリシアは嫌な予感がした。

フェリスの頭上に、白銀色の門が現れた。

不可思議な音色を響かせて扉が開く。流れ出す漆黒《しっこく》の瘴気《しょうき》と共に、強大な存在が何体も姿を現す。

「ご機嫌うるわしゅう、至高にして不謬《ふびゅう》なる女王様」

慇懃《いんぎん》に礼をするのは、召喚獣レヴィヤタン。翼の生えた人間のシルエットをした、燃える炎の塊。人なら口と目があり得るところに、闇の孔《あな》が空《あ》いている。

「お召しくださってありがとうございます、女王様」

膝《ひざ》を折って深々とお辞儀するのは、召喚獣エウリュアレ。妖艶《ようえん》な美女の姿をしているが、額にはもう一つの目が閉じている。長い髪は蛇のように蠢《うごめ》いている。

「よろしくお願いしますっ！」

すり寄ってくるエウリュアレの頭を、フェリスが抱き締めて撫《な》でてあげる。喉《のど》を鳴らさんばかりに喜んでいるエウリュアレは、まるで飼い主に可愛《かわい》がってもらう子犬だ。

レヴィヤタンが肩をすくめる。

「我々ばかり女王様にお仕えできるのは卑怯《ひきょう》だと同胞が申しているのですが、そちらも呼んでくださって構いませんか？」

「ふえ？　いいですけど、誰ですか？」

「我々、女王様の召喚獣は、全員で四柱なのです。残る二柱は、ケンティマヌス、ルーチェと申します」

「けんてぃまぬすさんと、るーちぇさん？」

フェリスが舌足らずな発音で復唱すると、門から巨大な足が突き出した。

「あし……？」

門を押し広げるようにして、太もも、腰、腹、腕、顔までが溢《あふ》れ出し、見上げるほどの巨人が現れる。胴体から無数の腕が生え、それぞれが岩塊《がんかい》のように重々しい。

「やっとお顔を拝《おが》めて嬉《うれ》しいですよ、女王様。覚えてないでしょうが、ケンティマヌスです。思いっきりこき使ってください」

雷鳴の如《ごと》き大音声で告げながら、巨人ケンティマヌスがフェリスの前にひれ伏す。それだけで周りの瓦礫《がれき》が吹き飛ばされ、木々がへし折れる。

次に門から出てきたのは、真っ黒な影。大地に舞い降り、陽光を浴びるにつれ、その影の細部が露《あら》わになっていく。

それは、豪華絢爛《ごうかけんらん》なドレスだった。着ている者の姿は見えず、ドレスだけが優雅にたゆたっている。

「久しぶり。待ってた」

言葉は少ないけれど、水晶を鳴らすような美しい声音。

フェリスの後ろにぴっとりとくっついている様子から、ルーチェも女王を慕っているのが見て取れる。

――四人の召喚獣……。歴史書に書いてあったのと同じだわ……。

恐るべき存在の顕現《けんげん》に慄然《りつぜん》としながら、アリシアは考える。

「この扉、フェリスが開《ひら》いたの……？」

アリシアの質問に、フェリスはうなずいた。

「この前プロクス王国で意識がなくなったときから、自分で扉を開けるようになっちゃったんです！　なんか、扉を大きくすれば、他にもたくさん喚《よ》び出せるみたいです！　やってみましょうか？」

「ダメよ！」

アリシアは慌ててフェリスを抱きすくめた。

「どうしてダメなんですか？」

「この前みたいに、暴走してしまったら大変でしょう？」

「だいじょぶです！　わたし、今は意識なくなってないですし！　プロクス王国で自分が喚び出したドラゴンとか見られなかったから、ちゃんと見てみたいです！」

フェリスはわくわくと目を輝かせる。黒雨の魔女や天使ヨハンナからあのときの状況を伝え聞いたせいで、好奇心を掻《か》き立てられているのだ。

「とにかく、もうちょっといろいろ慣れてからにしましょうね」

「……？　はい！」

フェリスは首を傾《かし》げつつも、素直にお返事する。アリシアがダメだと言っているのだからダメなのだろう。自分にはよく理由が分からないけれど、尊敬するアリシアには深い考えがあるのだろう。そんな信頼だ。

ルーチェのドレスがざわりと揺れる。

「ニンゲン……余計なことを」

「こいつらは潰《つぶ》してしまった方が、女王様の邪魔をされなくて早いんじゃないか？」

ケンティマヌスは手近の大木を引き抜き、指先だけでひねり潰す。レヴィヤタンもエウリュアレも、アリシアの方にあからさまな敵意を向けている。

「…………っ」

アリシアは杖《つえ》を握り締めた。

自分の魔術程度では召喚獣相手に太刀打《たちう》ちできるとは思えないが、いざとなったら全力で戦うしかない。

フェリスが腰に手を当て、人差し指を立てる。

「エウリュアレさんも、ルーチェさんも、レヴィヤタンさんも、ケンティマヌスさんも、いい子にしてなきゃダメですよう。お友達に怪我《けが》なんてさせたら、わたし怒っちゃいますからっ」

怒ってもあまり怖くなさそうで、むしろ可愛《かわい》いだけのような気がするアリシア。

だが召喚獣たちはそう感じないらしく、はい、としょげかえる。異界の強大な存在が小さな女の子の前でうなだれているのは奇妙な光景だ。

レヴィヤタンがジャネットを見やる。

「我々は、この娘の魔術の訓練を手伝えばよろしいのですかな？」

「です！　ジャネットさん、もっともっと強くなりたいらしいです！」

「女王様の命令ならやるっきゃねえが、大丈夫かなぁ。壊れちまわねえかなぁ」

巨人ケンティマヌスが屈《かが》み込んでジャネットをじろじろ眺める。

「まぁ、そのときはそのときじゃないかしらぁ？」

ほくそ笑むエウリュアレ。

「ニンゲン、しごきまくる」

ルーチェがジャネットの周りを浮遊する。

「良かったですね、ジャネットさん！」

「ええ……良かった……ですわ……」

四体の召喚獣に囲まれ、ジャネットはかたかたと震えていた。

「どしたの、ジャネット？　なんか震えてるけど」

テテルが首を傾《かし》げた。

「震えてはいませんわ！」

「ジャネットは怖がりさんだものね」

「怖がりじゃありませんわ！　ただの武者震いですわ！」

イライザ先生は怖いから他の人に指導してほしかったが、召喚獣は百倍怖い。明らかに訓練中の事故に見せかけてジャネットを亡き者にしようとしているのが伝わってくるのも怖い。フェリスの前ではあまり派手なことはやれないとしても。

「これ、全部撃ち落として」

ルーチェが告げ、溢《あふ》れる魔力にドレスが煽《あお》られた。古い戦闘訓練場の周辺に転がっている瓦礫《がれき》がことごとく浮かび上がり、ジャネットに襲いかかってくる。

「きゃー!?　いきなり始めないでくださいましーっ！」

ジャネットは悲鳴を上げて逃げ惑う。その後ろから瓦礫が容赦なく追尾してきて、地面に突き刺さり、木々の枝をへし折り、髪のすれすれをかする。

「逃げたら訓練にならないでしょぉ……ちゃんと立ち向かわなきゃ、ね……？」

エウリュアレがジャネットの前方に回り込み、長い爪を広げた。

手の平から大量の蛇が噴き出し、ジャネットに飛びかかる。

ぬらぬらと艶《つや》めく外皮、グロテスクにぎょろつく目玉。大きく開いた顎《あご》から牙《きば》が覗《のぞ》き、毒液が撒《ま》き散らされる。

「天翔《あまかけ》る風よ、静かなる刃《やいば》よ、我が力となり、蠢《うごめ》く敵を切り裂け——スライスエッジ!!」

ジャネットは死に物狂いで言霊《ことだま》を唱え、杖《つえ》の先に魔法陣を展開する。魔法陣から放たれた空気の塊が爆発し、蛇の大軍を粉微塵《こなみじん》に吹き飛ばした。

「くく……人間風情にしては抗《あらが》うではありませんか。ならば、これはいかがですかな？」

レヴィヤタンが膨張し、闇の口から炎を吐いた。炎は業火の渦となって荒れ狂い、螺旋《らせん》を描きながらジャネットの周りを埋め尽くしていく。

「じゃあ俺もいっちょやってやるか！」

巨人ケンティマヌスが大木を引っこ抜き、ぶんぶん振り回し始める。

エウリュアレの手の平から再び蛇の大群が生み出され、ルーチェの周囲では瓦礫《がれき》が回転している。召喚獣たちは四体同時に攻撃を仕掛けるつもりのようだ。

テテルは指をくわえて眺める。

「いいなー、ジャネット。こんな真剣に特訓してもらったら、絶対強くなれるよねー」

「もし生き残れたら、の話でしょう!?　羨《うらや》ましいなら代わってさしあげてもよろしいんですのよ!?」

ジャネットは涙目で叫ぶ。

魔術の名門ラインツリッヒ家の娘として誇りはあるし、魔法学校の生徒の中では優秀だけれど、召喚獣たちの総攻撃を受けて無傷で済むはずがない。そもそも召喚魔法なんてものは大昔に失われた魔法だし、召喚獣は伝説の中の存在なのだ。

「あの、手加減してくださいね……？」

フェリスが召喚獣たちに注意する。

「もちろん手加減しますとも……」

「ええ……全力で手加減するわよねえ……」

レヴィヤタンとエウリュアレが、愉快そうに口角を吊《つ》り上げる。

「手加減しない顔ですわー！　全力とかおっしゃってますし！」

ジャネットは一目散に逃げ出したい気持ちでいっぱいだ。

けれどレヴィヤタンの炎で包囲されてしまっていて、突破口が見つからない。召喚獣たちはそこまで計算ずくだ。

アリシアが表情を曇らせる。

「フェリス……？　これは本当に危ないんじゃないかしら。一斉に攻撃されたら、どんなに速く言霊《ことだま》を唱えても迎撃が間に合わないわ」

「えっと、えっと……じゃあ、ジャネットさん！　詠唱《えいしょう》なしで魔術を撃ってください！」

「フェリスじゃないんですから、そんなことできませんわ！」

とんだ無茶振りにジャネットは抗議の声を上げる。

魔術は言霊によって成立するのが基本であり鉄則。フェリス以外に詠唱なしの魔術を使える人間など、ジャネットは見たことがない。

「わたしができることなら、ジャネットさんもできると思いますっ！　ジャネットさんの方がお姉さんですし！」

「お姉さんかどうかはまったく関係ありませんわよね⁉」

あいかわらずフェリスは自分が最強だということに自覚がないらしい。その謙虚さは素晴らしいものだけれど、もう少し客観視が必要なのではとジャネットは嘆く。

「簡単です！『えーいっ！』って思えば、手から『ばーんっ！』って魔力が出ます！」

「大雑把《おおざっぱ》すぎて、なにがなんだか分かりませんわ！」

「ううっ……説明が難しいんですけどっ、わーん死んじゃう死にたくないって思いながら、体中から指の先に魔力を集めて、思いっきり突き飛ばす感じです！」

フェリスは一生懸命解説してくれるものの、やはりジャネットには内容が伝わってこない。本能で動いている天才と、努力で技術を上達させる一般人とでは、越えられない理解の壁がある。

レヴィヤタンが苦笑する。

「たかが人間ごときが、無詠唱《むえいしょう》で魔術を行使するのは不可能ですよ」

「そうでございますよ、女王様。私たちと人間では、そもそもの魂の格が違います」

エウリュアレは長い髪を蠢《うごめ》かしながら、ゆっくりとジャネットに迫ってくる。その手から、蛇の軍勢がジャネットに向かって放たれた。

巨木をぶん投げるケンティマヌス。瓦礫《がれき》を突撃させるルーチェ。ジャネットを包囲していた業火が激しさを増し、とぐろを巻く奔流《ほんりゅう》となって押し迫ってくる。

「死にたくないですわ――――っ!!」

ジャネットは無我夢中で両手を突き出した。

どくん、と心臓が大きく脈打つ。全身が高熱に包まれ、煮えたぎる情動が体の奥底から込み上げる。未知の感覚。呼吸するのも苦しいのに、生まれ変わったように力が満ち溢《あふ》れていて気持ちいい。

眼前に火花が散り、頭が真っ白になって――手の平から魔力の塊が放たれた。

爆発する魔力。エウリュアレの蛇が焼き払われ、散り散りになって消える。ルーチェの瓦礫が吹き飛ばされ、木々に突き刺さる。ケンティマヌスの巨木が粉砕され、レヴィヤタンの業火も消し飛ばされる。

気がつけば、手を突き出したジャネットを中心に、古い戦闘訓練場にあったものすべてが薙《な》ぎ払われ、更地のようになっていた。

「な、なんですの……これは……」

呆然《ぼうぜん》と辺りを見回すジャネット。

「なんと面妖《めんよう》な……」

「どういうことなのかしらぁ……？」

レヴィヤタンとエウリュアレも唖然《あぜん》としている。

フェリスは大はしゃぎで駆け寄ってジャネットの手を取る。

「ジャネットさんはやっぱりすごいですーっ！」

「そ、そうですわ！　わたくしはすごいのですわ！　天才なのですわ！」

無邪気に飛び跳ねるジャネットとフェリスだが、アリシアは不安を覚える。

これは天才といった単純な言葉で片付けてしまってよいものなのだろうか。ジャネットが記憶をなくしたり、魔力が急増したりしていることも含め、妙なことが多すぎる。

エウリュアレがジャネットに近づき、手を振り上げた。その長い爪がさらに長く、針のように伸びていき、ジャネットの額に突き刺さる。

「な、なにを……!?」

「動いたら脳がぐちゃぐちゃになるわよぉ」

「……っ！」

ジャネットは顔面蒼白《がんめんそうはく》で硬直した。なぜか痛みはないけれど、爪で頭を貫かれているという事実に臓腑《ぞうふ》が凍りつく。

エウリュアレの額にある第三の目が開き、真《ま》っ直《す》ぐにジャネットを凝視した。魂を侵食されて見透かされるような感覚。美しくも禍々《まがまが》しい瞳から、ジャネットは視線をそらそうとしてもそらせない。

「はっ……あははは！　あははははははっ！」

突然、エウリュアレが笑い始めた。

普段は気品に満ちた彼女には似つかわしくない、弾けるような笑い声。体をくの字に折って肩を揺すり、涙を滲《にじ》ませている。笑っているはずなのに、どこか少し泣き声のようにも聞こえる。

「……そういうことね」

エウリュアレがジャネットの額から爪を引き抜き、ジャネットを抱き締めた。甘く濃厚な香りが、ジャネットを包み込む。エウリュアレはジャネットの頭を撫《な》で、その頬《ほお》に唇を触れさせる。

「えっ……えっ……えっ……？」

急にエウリュアレの態度が逆転し、ジャネットは困惑する。今までエウリュアレは、フェリスを除く人間を敵対視していたのではなかったのか。

「どういうことなのだ？」

巨人ケンティマヌスが腕組みして訊《き》いた。

「女王様の庇護《ひご》から離れた歳月が永《なが》すぎて、壊れましたかな？」

レヴィヤタンも訝《いぶか》しんでいる。

「……対《つい》なる者」

エウリュアレが短く告げると、召喚獣たちはぎょっと身じろぎした。

「まさか……そんなはずねえだろう」

巨人ケンティマヌスは信じられないといったふうに首を振る。

「いえ……やけに馴染《なじ》み深い匂いばかりだとは思っていましたが、それならうなずける」

レヴィヤタンがやって来て、間近でジャネットの顔を眺めた。先程までとは違ってその炎は熱くなく、暖炉《だんろ》の火のように心地よい。

「女王様の魂に惹《ひ》かれて集まった？　それとも、これが女王様のご意志？」

ルーチェがジャネットの背中にしがみつく。

どうやら見えているドレス以外の部分にも体があるらしいと、ジャネットはくっつかれて初めて気づく。案外やわらかい。

レヴィヤタンが体を揺する。

「女王様は、知るために下界に降りたのです。この時代ですべての答えを出そうとしていらっしゃるのかもしれませんな」

「いよいよ、おっぱじめるってのか！　それなら俺は大歓迎だ！」

巨人ケンティマヌスは豪快に笑う。

いつの間にか、ジャネットは召喚獣たちに囲まれてしまっていた。戦っていたときとは打って変わって、召喚獣たちは妙に親しげだ。

「なんか、仲良しさんです？」

「殴り合って友情を確かめたのかな？」

フェリスとテテルは戸惑う。

「……あなたたち召喚獣は、なんの話をしているのかしら？」

アリシアが尋ねた。

「教える義理はないわ。地べたを這《は》い回る人間ごときには、関係のないこと……」

振り返ったエウリュアレが、固まった。ゆっくりと見張られる、第三の瞳。エウリュアレはなめらかな手を頬《ほお》に当て、小さくつぶやく。

「……女王様のご意志は偉大ね。これは運命《さだめ》、止めることはできない」

「なにが進んでいるの？　また、プロクス王国でのようなことが起きるの？」

アリシアは焦燥《しょうそう》を感じて問い詰めた。召喚獣たちの持っている情報を引き出しておかないと、手遅れになる気がする。フェリスやジャネット、テテルとの平穏な日常が、崩れ去る予感があるのだ。

エウリュアレが牙《きば》を覗《のぞ》かせて、アリシアの方へと飛翔してきた。身構えるアリシアだが、攻撃が仕掛けられることはない。エウリュアレはアリシアの頬を軽くつつく。

「心配しなくても、遠からずみんな思い出すわ」

「みんな……？」

それは、いったい誰のことなのか。思い出してしまったら、どうなるのか。尽きぬ不安に身を灼《や》かれ、ジャネットはエウリュアレの瞳を見上げていた。

ジャネットは鼻歌を歌いながら、女子寮の厨房《ちゅうぼう》でボウルの卵をかき混ぜる。

普段は女子生徒たちの食事を作るため料理人のおばさんが仕切っている厨房だが、料理好きのジャネットは時折こうやって私用に使わせてもらっている。

大貴族の令嬢とは思えないほどジャネットの手つきはこなれており、自分用のエプロンをつけて厨房を駆け回る姿も軽やかだ。

そんなジャネットの様子を、アリシアはテーブルに頬杖《ほおづえ》を突いて眺める。

「なんだかご機嫌ね」

「最近のわたくしは絶好調ですもの！　長年の夢が叶《かな》ってフェリスの恋人になれましたし、フェリスのお陰で無詠唱《むえいしょう》の魔術も使えるようになりましたし！」

ジャネットは浮き浮きと鼻を突き上げる。

「長年というほど長い付き合いかしら」

「うるさいですわね！　わたくしにとっては長年なのですわ！」

自分でも不思議になるくらい、フェリスとはずっと一緒にいる気がしてしまう。出会ってからさほど時は経《た》っていないのに、もはやフェリスのいない生活は考えられない。

「まあ……ジャネットの力が伸びたのは確かかね。ちょっと急すぎるけど……」

「ふふん、嫉妬しているんですのね」

「心配しているのよ」

ジャネットはテーブルに手を突き、アリシアに顔を寄せて笑う。

「正直にお認めになったらいかがですかしら？　ライバルだと思っていた相手に、あっという間に抜かれた悔しい気持ちを！」

アリシアは首を捻《ひね》る。

「ライバルだと思っていたのはジャネットだけじゃないかしら……？」

「そっ、そんなわけありませんわっ！　わたくしたちは永遠のライバルですわ！」

アリシアのすげない言葉に、ジャネットは哀《かな》しい気持ちになった。

あれから召喚獣たちはジャネットの特訓を毎日のように手伝ってくれ、他の魔術の威力や制御力も向上した。堅物のイライザ先生さえジャネットの急成長を認めざるを得なかった。これだけ強くなれば将来の魔術師団長の座は安泰だろうし、ラインツリッヒ家の娘としても恥じるところがない。

「今日はなにを作っているの？　オムレツ？」

「違いますわよ！　見て分かりませんの？　プリンですわ」

「どちらも卵料理だから、見た目じゃ分からないわ」

「オムレツにはここまでたくさん砂糖を使いませんでしょう？」

「……？　そうなの？」

目を瞬《しばたた》くアリシアに、ジャネットはぞっとする。そんな認識だから、アリシアの作る料理はこの世のモノとは思えぬ珍味《ちんみ》と化すのだ。

「フェリスの大好物のメギドプリンより美味《おい》しいプリンを作ってさしあげるんですの。フェリスをわたくしのプリンなしじゃ生きられない体にしてみせますわ」

「あら、私の分はないのかしら？」

「もちろん、アリシアとハバラスカさんの分もありますわよ」

アリシアは腕まくりする。

「そういうことなら、私も手伝うわ」

「やめてくださいまし!!」

ジャネットはボウルを抱えて飛び退《の》いた。

「どうして？」

「アリシアの料理が洒落《しゃれ》にならないくらい下手だからですわ！」

「下手じゃないわ。フェリスはおいしいおいしいと言って食べてくれるもの」

「それはフェリスの優しさですわ！　真《ま》に受けないでくださいまし！」

アリシアは勇《いさ》んでげんこつを握り締める。

「私、いいアイディアがあるの！」

「料理にアイディアは要りませんわ！　いえっ、プロならあった方がいいですけれど、アリシアはレシピを守ることから始めるべきですわ！」

「それじゃ成長がないじゃない？」

「成長とか以前の問題だと言っているんですのっ！」

なにがなんでも手伝おうと追いかけてくるアリシアと、なにがなんでもボウルを渡すまいと逃げるジャネット。

料理が苦手なら大人しく待っていればよいのに、どうして無闇に意欲だけは高いのか。

こんなことならアリシアのいない隙《すき》を窺《うかが》ってお菓子作りをするべきだった……なんて後悔するも既に遅く、ジャネットはアリシアに抱きすくめられて捕まってしまう。

「ちょ、ちょっと……離してくださいましっ」

じたばたと抵抗するジャネット。

「だーめ。そのボウル、私に貸しなさい」

アリシアは甘くささやいて、ジャネットの手の甲に指を滑らせる。

「ひゃっ!?　なにするんですの!?　くすぐったいですわっ」

「くすぐっているんだもの。ほーら、こちょこちょこちょ～」

「やめなさいっ！　やめなさいと言っていますでしょう!?」

ジャネットはもがくが、アリシアは余計に首筋やら脇やらをくすぐってくる。日頃からあまり肌の触れ合いに慣れていないジャネットにとって、こういう攻撃をされるのも初めてで、反撃のしようがない。

ようやくアリシアの拘束から抜け出したときには、ジャネットは息を切らして床に座り込んでいた。アリシアもジャネットに寄り添って肩で息をしている。

「はぁ……はぁ……疲れたわ……」

「あなたは……なにがしたいんですの……」

大人びた優等生のイメージが強いアリシアが、こんな子供っぽい悪ふざけに夢中になるなんて珍しい。クラスメイトたちが目撃したらびっくりするだろう。

アリシアはうつむいてつぶやく。

「私……怖いのかもしれないわ」

「怖いって、なにがですの？」

「私たちの日常が、なくなってしまいそうなことが。フェリスがおかしくなったり、ジャネットがおかしくなったり、よく分からないことばかり起きて。このまま進んでいったら取り返しのつかないことになりそうで……怖いのよ」

「アリシア……」

いつも気丈で余裕たっぷりな少女が弱音を吐く姿を、ジャネットは初めて見る気がした。フェリスには不安がらせてしまうから言えないし、気軽に大人に打ち明けられることでもない。でもジャネットにならら相談しても大丈夫だと、思ってくれたのだろう。

普段は澄ましていて憎らしい相手なのに、そんな信頼を向けてくれるアリシアに、ジャネットは胸がうずくのを感じた。

「……仕方のない人ですわね」

小さなため息をついて、ボウルをテーブルに置く。

ジャネットは床に膝《ひざ》をつき、アリシアの体をそっと抱き寄せた。こういうことは不得手だけれど、フェリスたちのお陰で少しだけ慣れてきた。

「……慰《なぐさ》めてくれるの？」

「ええ。ライバルに元気がないと、わたくしも調子が狂ってしまいますもの。甘えたいなら、甘えてくださいまし」

「じゃあ……甘える」

アリシアはジャネットの背中に腕を回し、その肩に細い顎《あご》を載せた。物心ついた頃から腐《くさ》れ縁だった二人の少女の呼吸が、ゆっくりと同調していく。ケンカをしているより、こっちの方がずっと心地よい。

「大丈夫よね……？　私たちの楽しい毎日は、終わらないわよね……？」

「大丈夫ですわ。みんな一緒に遊んで、一緒にごはんを食べて、一緒におしゃべりをして、そんな平和な暮らしがずっと続くんですの。わたくしたちは、いつまでも変わりませんわ」

　ジャネットが優しく言い聞かせたとき。

　天地を引き裂くような爆音が、外から響き渡った。衝撃波に寮の外壁が揺さぶられ、天井から塵《ちり》が降ってくる。アリシアとジャネットは反射的に互いにしがみついた。

「な、なんですの……今の……」

「ちょっと見てくるわ！」

「置いていかないでくださいまし！」

　二人は厨房《ちゅうぼう》を飛び出し、女子寮の玄関から駆け出す。

　既に玄関の前にはフェリスやテテル、他の女子生徒たちも出てきていた。彼女たちが見上げているのは、魔法学校の敷地の上空。

　生徒を守るために普段からドーム状に張り巡らされている結界が、闇によって蝕《むしば》まれている。闇は鼠《ねずみ》と羽虫を合わせたような形で、一匹一匹が醜《みにく》い鳴き声を上げながら結界を食《は》んでいた。その勢いたるや凄《すさ》まじく、結界は大半が損なわれてしまっている。昼間だというのに夜が広がり、空を無情な支配下に置きつつあった。

「プロクスでも攻めてきたんですの……？」

「違うわ……よく見て」

　闇を使役している者は、フードを目深《まぶか》に被《かぶ》り、病的に痩せ細っている。幾度も敵に回したから見紛《みまが》うこともない、『探求者たち』の術師である。

　しかも一人ではなく、数え切れないほど上空に浮かんでいる。醜悪な杖《つえ》を掲げ、低い声で呪詛《じゅそ》のごとく言霊《ことだま》を唱えている。

「ま、また……来たんですか……？」

　フェリスは震えた。

　ヴァルプルギスの夜に学園を占拠した術師は撃退し、終わったものだと安堵《あんど》していたのに。今回は、あのときとは比べものにならない規模の軍勢が押し寄せている。

　探求者たちの杖の先には魔法陣が展開され、さらなる闇が産み出されていた。闇は天蓋《てんがい》を覆い尽くすほど広がり、黒い果実をたわわに実らせる。

「なんだろ……あれ……。イチジク……？」

　首を傾《かし》げるテテル。

　果皮《かひ》に亀裂が入って開くと、内部に赤い果肉が宿されていた。いや、それは果肉ではない。血の滴《したた》る内臓のように真っ赤な眼球が、ぎょろぎょろと蠢《うごめ》きながら膨らんでいるのだ。

　眼球が漆黒《しっこく》の天蓋からこぼれ堕《お》ち、下界に降り注いだ。地面に叩《たた》きつけられた眼球は無残に潰《つぶ》れ、飛び散った墨色の体液が脈動する。隆起する闇から数多くの脚が伸び、大顎《おおあご》を開いて唾液を吐き散らしながら、異形《いぎょう》の群れが走り出す。

次々と襲われていく生徒たち。異形《いぎょう》に覆い被《かぶ》さられ、悲鳴を漏《も》らして内部に取り込まれていく。フェリスは必死に魔術を放って異形を倒すが、数が多くて間に合わない。天蓋《てんがい》からは尽きることなく眼球が滴《したた》り落ち、異形の群れを殖《ふ》やしている。

上空から、愉悦に酔い痴《し》れた声が響き渡った。

「くく……我々の土産は満足いただけましたかな？　蟲《むし》に喰《く》われたお仲間も、骨まで溶ける前なら返せます。我々と仲良くしていただけるなら……ですがね」

その芝居がかった大仰《おおぎょう》な身振り、人を嘲笑《あざわら》うような態度には、フェリスも覚えがある。ラドル山脈におけるナヴィラ族とガデル族の紛争を煽《あお》り、ヴァルプルギスの夜に魔法学校を恐怖の底に陥《おとしい》れた、術師イサカイだ。

「我々のお願いはただ一つ。この学校にいる生徒——フェリスを我々への贄《にえ》に捧《ささ》げてほしいということです」

「えっ……」

フェリスはかすれた声を漏らした。

「あなた方が我々に協力してくれないというのなら、蟲はお仲間を溶かし尽くし、二度と戻ってくることはありません。いえ、運が良ければ戻るかもしれませんねえ……蟲の瘴気《しょうき》に侵され、人であることも忘れた醜悪な化け物として、ね」

術師イサカイの悪意に満ちた笑い声が、学校の敷地全体に響く。

呪われたヴァルプルギスの夜に、身をもって探求者たちの力を経験した生徒たちにとって、それは単なる脅しではない。最終通告であり、交渉が不可能な取引であるということは、誰にでも分かった。

女子寮の前にいる生徒たちの視線が集中し、フェリスはびくっとして後じさった。ジャネットとアリシアが、フェリスと生徒たちのあいだに立ち塞《ふさ》がる。

「大丈夫、フェリスは渡さないから」

「フェリスはわたくしが守りますわ！」

敢然《かんぜん》と言い放つ二人は頼もしいけれど、フェリスは罪悪感を覚える。こんな事態になったのは、自分が探求者たちに狙われているからなのだ。だとしたら、ただ黙って守られているわけにはいかない。それは卑怯《ひきょう》なことだ。

「わたし……行きます」

「行くって、どこにですの⁉」

ジャネットはぎょっとした。

「探求者たちのところです。わたしのせいでみなさんに迷惑をかけるなんて、ダメですから。みなさんに苦しい思い、してほしくありませんから」

イサカイの方へ歩き出すフェリスの手を、テテルが掴《つか》む。

「ダメだよ！　あんなのについていったら、絶対酷《ひど》い目に遭うよ！」

「わたしのせいでみなさんが酷《ひど》い目に遭うよりは、いいです」

「フェリスのせいじゃないよ！　探求者たちのせいだよ！」

「でも……わたしは行かないと。魔法学校のみなさんには、いっぱい優しくしてもらいましたから。わたしみたいな奴隷が学校に通えて、大好きな人たちと楽しく暮らせて、それだけでもう……いいんです」

自分は充分にしてもらったと、フェリスは感じる。

どうせこの命は、魔石鉱山が探求者たちに焼かれたときに、なくしていたはずなのだ。しばらく生き延びることができて、ジャネットやアリシア、テテルのような素敵な友達ができて、鉱山時代には想像もしなかった幸せな生活を送れた。

奴隷の身でそれ以上を望むのは、贅沢《ぜいたく》すぎるというものだろう。探求者たちに殺されるのは、避けようのない定めだった。そう思うしかないのだ。

フェリスが覚悟を決め、飛行魔術でテテルを振り払おうとしていると、教師たちが息せき切ってやって来た。校長先生に、イライザ先生、ロッテ先生もいる。

校長先生が上空の探求者たちを見上げて言った。

「生け贄《いにえ》になっても、無駄だと思うがのう」

「ど、どうしてですか？」

「たとえフェリスを差し出したとして、連中が大人しく帰るとは思えぬ。これ幸いと、用済みの魔法学校を焼き払うのが関の山じゃろ」

「そんな……」

フェリスは目を見開いた。自分を偽《いつわ》ることも、人を疑うことも知らないフェリスにとって、約束を守らない人間の心を理解するのは難しい。

「もっと恐ろしい可能性……そして決して低いとは言えない可能性は、連中がフェリスの力を利用して大陸を火の海に沈めることじゃな」

イライザ先生が眉を寄せる。

「むしろそのためにフェリスを要求しているのでしょう。あなたが善《よ》かれと思って犠牲になっても、余計に大きな迷惑がかかるだけなのですよ」

「じゃ、じゃあ、わたしどうしたらいいんですか……？」

フェリスは分からなくなってしまった。

ロッテ先生は笑って、可愛《かわい》らしい装飾の施された杖《つえ》を構える。

「決まってるじゃない。フェリスちゃんは、今から逃げるんだよ！　そもそも生徒を無法者に差し出すなんて、教育者の風上にも置けないからね！」

「で、でも……」

ためらうフェリスを、イライザ先生の容赦ない視線が突き刺す。

「彼らの狙いはフェリスです。あなたがいなくなれば、彼らも去る可能性が高い。つまり、あなたはここにいるだけで邪魔なのですよ。さっさと消えなさい」

「ご、ごめんなさいっ！　ジャマでごめんなさい！」

フェリスは震え上がる。

ロッテ先生はイライザ先生の体を肘《ひじ》でつつく。

「そんなこと言って、イライザ先生もフェリスちゃんのことすごく心配してたくせに♪」

「探求者たちの前に、あなたを抹殺する必要があるようですね……？」

イライザ先生は額に青筋を立てる。

「さあ、ワシらが連中の気を惹《ひ》いているうちに、フェリスたちはできる限り遠くへ逃げるのじゃ。絶対に捕まってはならんぞ」

校長先生が手を叩《たた》くと、空中から魔法のホウキが出現した。

教師たちはホウキに乗り、上空の探求者たちの方へ向かって飛んでいく。校長先生、ロッテ先生、イライザ先生が魔法陣を展開して、探求者たちに炎の弾丸を放つ。

「愚劣《ぐれつ》な選択を！　俗人《ぞくじん》の身で我々に刃向かうとは！」

探求者たちが応戦し、空が花火の乱舞と化す。炎が炎を呼び、破壊が破壊を連鎖させて、爆音が学校の壁を振動させる。

「ここは聖なる学び舎《や》です。部外者はさっさと巣に帰りなさい」

イライザ先生が教鞭《きょうべん》を杖代《つえが》わりに使って、水魔術の魔法陣を展開した。生み出された水流が荒れ狂う奔流《ほんりゅう》となり、白く泡立つ竜巻と化して敵を呑《の》み込む。

「ワシはお昼寝の時間なのでな、手早く終わらせる！」

校長先生が杖で宙に円を描き、言霊《ことだま》を唱えると、地面から鉄の杭《くい》が何十と現れた。杭はひとりでに飛翔し、術師たちの体を貫く。

激しい戦場の中で、ロッテ先生が探求者たちの闇魔術に吹き飛ばされた。杖を学校の壁に突き立て、なんとか墜落を防ぐ。

「あの娘を狙え！」

「ちょ、ちょっと待ってーっ！」

さらなる集中攻撃を受けるロッテ先生。イライザ先生があいだに飛び込み、魔法結界で闇魔術を防ぐ。跳ね返された闇が校庭の木々に降り注いで、枝を枯れ果てさせる。

「あ、ありがとう」

礼を述べるロッテ先生を、イライザ先生が睨《にら》んだ。

「まったく、どうしてあなたまで出てきたのですか。弱い人間は地下に隠れていればよいものを」

「生徒が狙われているのに、教師が隠れているわけにはいかないよ！」

ロッテ先生は杖を空中に立てると、懐から八本の細い瓶《びん》を取り出し、両手に構えた。魔石から抽出《ちゅうしゅつ》した魔力を消費して攻撃の威力を増大させる魔導具だ。

生来の魔力は戦闘系の魔術師と比べるべくもないが、必死に鍛えた技術がある。魔術史学の教師として、古文書から掘り出した古い術式もある。それらはすべて、今のようなときに愛する生徒たちを守るために培《つちか》ったものだ。

ロッテ先生は精神を集中させて、言霊《ことだま》を唱える。

「冷酷なる閑却《かんきゃく》、迷妄《めいもう》なる禍難《かなん》。常道を断ち切る刃《やいば》を成して、我が敵を沈黙させよ——アド・グラキエム！」

杖《つえ》の先に魔法陣が広がり、氷雪の刃を大量に造り出した。暴風と共に刃が回転し、風を鳴らして拡大していく。致死の吹雪が探求者たちに襲いかかり、血飛沫《ちしぶき》が舞い踊る。探求者たちは切り裂かれながらも哄笑《こうしょう》し、散開して呪詛《じゅそ》を唱える。

「なんで笑ってるの⁉ 痛くないの⁉」

ロッテ先生は寒気を覚えた。

「宗教的熱狂で痛覚が麻痺《まひ》している……というわけでもなさそうですね」

眉をひそめるイライザ先生。

「痛覚を喪《うしな》わせる禁呪《きんじゅ》があると聞いたことがあるのう。それに侵された兵士は、たとえ真っ二つになっても敵を殺すため突進してくるのだとか」

「厄介な禁呪ですね」

術師たちは余計に勢いを増して、教師たちの方へと押し寄せてくる。イライザ先生が魔法結界を展開し、ロッテ先生と校長先生が攻撃魔術を放つ。

「せ、せんせぇ……」

上空で繰り広げられる苛烈《かれつ》な戦いに、フェリスは膝《ひざ》をわななかせた。

自分のせいで魔法学校が攻め込まれて、自分のせいで教師たちが戦って。鉱山奴隷だったフェリスを優しく受け入れてくれた人たちが、その優しさゆえに傷ついている。

――こんなの……、イヤです……。

そもそも自分が人並みの生活をしたいと願わなければ、誰も苦しまなくて済んだのに。

フェリスは罪悪感に押し潰《つぶ》されそうになる。

ジャネットがフェリスの手を引っ張る。

「フェリス、立ち止まったらいけませんわ！　早く逃げないと！」

「は、はいっ！」

被害をこれ以上広げないためにも、今の自分ができるのは逃亡しかない。フェリスはそう思って必死に走るが、歩幅の小さな少女では速度が出ない。空からは炎が降り注ぎ、破壊された校舎の瓦礫《がれき》が落ちてくる。

「テテルさん、フェリスをお願い！」

「ほい来たー！」

テテルがフェリスを抱え上げ、落下してくる瓦礫の隙間《すきま》を跳んで駆ける。

四人は校舎のあいだを抜け、庭園の薔薇《ばら》の茂みに身を隠しながら、地面を這《は》うようにして学校の敷地の外を目指した。門は待ち伏せされているかもしれないので、学校の関係者しか知らない勝手口の方へと進む。

美しく咲いた薔薇は香り高いけれど、その棘《とげ》は容赦なく体に刺さる。少女たちは悲鳴が漏《も》れそうになるのを懸命に抑えた。上空で教師たちが探求者たちの注意を惹《ひ》きつけてくれているのに、せっかくの苦闘を無駄にするわけにはいかない。

トンネル状になった薔薇の茂みを潜《くぐ》り抜けると、前方に勝手口が見えた。しかし。

「うわぁ……。気持ち悪いのうようよしてる……」

石柱に身を潜め、テテルは怖気《おぞけ》を震う。

探求者たちが学校中に放った、黒光りする蟲《むし》。奴らが多足を蠢《うごめ》かし、ギチギチと顎《あご》を鳴らして、勝手口の周りを埋め尽くしているのだ。待ち伏せされているのは門だけではなかった。勝手口を通ろうとしたら餌食《えじき》になるのは必然である。

「わたしがばーんってします！」

「待って」

フェリスが掲げた手を、アリシアが握って止めた。

「ばーんってしないと、通れないです……」

「そうだけど、フェリスの魔術の威力だと大騒ぎになってしまうわ。探求者たちにフェリスの魔力を嗅ぎつけられるかもしれないし」

「じゃあ、どうしたら……？」

しょんぼりするフェリス。

「それはもちろん、わたくしたちが戦うんですわ！」

「だよね！　ボコボコにしちゃうよー！」

「なるべく静かに、目立たないようにね」

友人たちが石柱の陰から飛び出す。

蟲の群れが新たな餌の出現に気づき、高い塀から這い下りてくる。汚らしい唾液が顎からこぼれ、石畳に落ちて腐臭混じりの蒸気を上げた。

恐れ知らずのテテルが群れのど真ん中に突っ込み、その姿が蟲たちのあいだに消える。

「テテルさん⁉　大丈夫ですか⁉」

フェリスが心配するも束《つか》の間、テテルは地面に手を突いて体を高速回転させ、蹴撃で蟲たちを吹き飛ばしていく。竜巻のような攻撃に、混乱する蟲の軍勢。

前方から飛んでくる蟲を、ジャネットが風魔術で薙《な》ぎ払う。援軍を求めて走り去ろうとする蟲に、アリシアの炎魔術が追いついて灼熱《しゃくねつ》に染める。

「今ですわ！」

「はいいいいっ！」

周囲の蟲《むし》の群れを撃退し、少女たちは勝手口を駆け抜けた。学校から距離をできる限り稼ぐため、街の方へ全力疾走する。

トレイユの街では、住民たちが魔法学校の騒ぎに気づいてざわついていた。フェリスたちの制服を見て事情を問い質《ただ》そうとしてくる者もいるが、相手をする余裕はない。フェリスたちはなるべく人通りの少ない路地を選び、安全な場所を探して走る。

「こ、これから、どうするんですの……？」

ジャネットが息を切らして訊《き》いた。

「いつまでも街にいるのは危ないよね。プロクス辺りまで走って逃げた方がいいんじゃないかな」

「プロクスまで⁉」

既にへとへとになっているフェリスは怯《おび》える。

「徒歩だと、街を出た途端に街道で捕まってしまうんじゃないかしら。馬車を雇えるといいのだけれど……」

「乗合馬車なら市場の近くにいるはずだけど、結構遠いよね」

「誰か一人が馬車を呼んできた方がいいかもしれないわね」

「わ、わたしが行きます！」

「フェリスは一番隠れてなきゃいけない人ですわ！」

少女たちが路地裏で話し合っていると、風の鳴る音が響いた。

「……っ⁉」

テテルは動物的な本能に駆られ、友人たちを両腕でさらって飛び退《の》く。直後、少女たちの立っていたところに瘴気《しょうき》の塊が激突し、爆音が響き渡った。

踏み固められた地面に大穴が穿《うが》たれ、家々の外壁が削られる。地面に突き刺さった瘴気の塊が脈動し、漆黒《しっこく》の触手が唸《うな》りながら急速に成長して、フェリスたちに突進してくる。

逃げ惑う少女たち。その頭上で術師が嗤《わら》う。

「やはり教師共は貴様らを逃がすための陽動か。おかしいと思ったのだ。イサカイめ、巫《み》女様《こさま》から指揮を委ねられながら、この程度の策に気づかぬとは」

術師の杖《つえ》から瘴気が放たれ、フェリスたちの上に雨あられと降り注いだ。一つ一つの瘴気が蟲と化し、周囲の木々や家々を貪《むさぼ》りながら膨張して襲いかかってくる。

フェリスたちは魔術で蟲を迎え撃つ。だが、術師の杖からは引っ切りなしに瘴気が産み出され、蟲の群れが殖《ふ》えていく方が速い。あっという間に路地裏から蟲の軍勢が溢《あふ》れ出し、大通りが住民たちの悲鳴で満たされる。

「このままじゃ、街の人まで怪我《けが》してしまいますわ！」

「術師を倒さないとキリがないわね！」

路地裏から蟲の波に押し出され、表通りを疾駆《しっく》する少女たち。

追ってくる蟲《むし》の軍勢は壁も屋根も構わず走り、窓を突き破ったり屋根を踏み潰《つぶ》したり店先の品物を撒《ま》き散らしたりと、やりたい放題だ。街は混沌《こんとん》の渦に巻き込まれている。

フェリスが両手を掲げ、早口で言霊《ことだま》を唱える。

「光よ、逆巻く激情の調べよ！　我が手に力を与え、常夜の闇に終末を告げよ——ルーセントスパーク！」

フェリスの手から、巨大な光弾が放たれた。尋常な人間なら見ているだけで眼球を破壊されそうな輝き。光弾は空気を焦がし、辺りを焼き払いながら術師に迫る。

「『器』といえど、所詮《しょせん》は幼子。女王様の偉大なる御力《みちから》を使いこなす知恵もないか」

術師は鼻を鳴らして、杖《つえ》を振り上げた。その先が瘤《こぶ》のように膨らみ、中央が薄く透明なクリスタルとなる。クリスタルは針状に細かく砕け、虚空で光弾を受け止める。破砕されたクリスタルの霧雲《きりぐも》がぎらつき、光弾を反射した。

凄《すさ》まじい速度で光弾が跳ね返され、フェリスのところへと戻ってくる。

「ひゃあああああっ!?」

爆発、轟音《ごうおん》。嵐が吹き荒れ、少女たちが地面に叩《たた》きつけられる。魔法結界を展開する暇もなく光弾の直撃を受けたフェリスは、倒れ伏して身動きもしない。

「フェリス、しっかり！　しっかりしてくださいましーっ！」

ジャネットはフェリスの体を揺する。

空から術師が飛び降り、ジャネットの首を鷲掴《わしづか》みにした。

「は、放し……なさいっ……」

ジャネットは術師の手を掻《か》きむしって剥《は》がそうとする。骸骨《がいこつ》のように痩せさらばえた術師なのに、その手はびくともしない。ジャネットは呼吸も満足にできないまま宙に吊《つ》り下げられ、細い足が虚《むな》しくもがく。

術師は血走った両眼に黄色の涙を溜《た》め、ジャネットを睨《にら》み据えた。

「貴様らのような子供が女王様のおそばに仕えるなど、笑止千万。はらわたを散らして、女王様の世界に魔素をお返しするがいい」

術師の杖がジャネットの体に押し当てられ、おどろおどろしい紫の魔法陣が広がる。身を苛《さいな》む激痛と灼熱《しゃくねつ》に、ジャネットは絶叫をほとばしらせる。

テテルがジャネットを助けようと突進するが、術師は懐《ふところ》から黒い丸薬を取り出して投擲《とうてき》する。丸薬は一瞬で膨張して爆発し、テテルは家々の壁を貫いて吹き飛ばされていく。

アリシアは自分の杖を握り締め、火魔術の言霊を唱えた。が、魔法陣から炎弾が放たれるより早く、術師が眼前に迫ってアリシアの額に杖を当てる。それだけで鮮烈な痛みが全身を走り、漆黒《しっこく》の糸が四肢を縛りつけて蝕《むしば》んでいく。

「さて……参ろうか。巫女様《みこさま》に『器』を捧《ささ》げ、千々《ちぢ》に引き裂いていただかねば」

意識のないフェリスの首根っこを術師が掴《つか》み、動かない体を引きずっていく。その弱々しい足からは、真っ赤な血が滴《したた》り落ちている。

「フェリス……！」

アリシアは手を伸ばすが、立ち上がることもできない。

悠然と立ち去ろうとする術師の足に、ジャネットがしがみついた。

「……なにをしているのだ、貴様は」

術師が冷え切った眼差《まなざ》しで見下ろした。その目つきは、同じ人間を見る目ではない。命のないモノを見る目だ。いつでも踏み潰《つぶ》せるのだと、身に帯びた空気が語っている。

みぞおちの沈み込むような恐怖に苛《さいな》まれながら、それでもジャネットは勇気を振り絞り、喉《のど》をからして叫ぶ。

「フェリスはっ……連れて行かせませんわ！　わたくしにとって、フェリスは世界で一番大切な人なんですの！　フェリスはこれからも魔法学校で、幸せに暮らすんですの！　ずっと苦しんできたフェリスに、これ以上苦しい思いをさせたくないんですの！」

「知るか。その穢《けが》らわしい手を退《ど》けろ」

術師がジャネットの頭を踏みにじった。

「イヤですわ！　フェリスはあげませんわ！」

「くだらん。そもそもフェリスなどという人間は存在しないのだ。こいつは女王様の器、単なる入れ物だ」

「入れ物じゃありませんわ！　フェリスはフェリスですわ！　優しくて可愛《かわい》くて真面目で、みんなのことを心の底から愛してくれる、最高に素敵な女の子ですわ！」

ジャネットは死に物狂いで術師の足に噛《か》みついた。

「くっ……このゴミが、調子に乗るなあっ！」

術師は激高してジャネットの頭を蹴り飛ばす。

頭蓋《ずがい》が揺らされる衝撃と激痛に、ジャネットは意識を手放しそうになりながら地面を転がる。けれど必死に意識を掴《つか》み、なんとか起き上がろうと手近の壁を引っ掻《か》く。

「フェリス……逃げて……逃げてくださいまし……！」

弱々しくささやくジャネットの鼻先に、術師が杖《つえ》を突きつけた。

「面倒だから捨て置こうかとも思ったが、やはり『器』のよすがとなるモノはすべて絶っておかねばな。……消えろ」

杖の先に大量の瘴気《しょうき》が集まり、黒い果実が実って、眼球が開く。数え切れぬほどの眼球がジャネットを凝視し、ねっとりと尾を引いて迫ってくる。

——ごめんなさい……フェリス……。

ジャネットは己《おのれ》の無力に唇を噛み締め、目を見開いて来《きた》るべき死を待ち設ける。

そのとき、大空に一矢の光がきらめいた。光は虚空を裂き、壮絶な音を鳴らして術師の腹を真《ま》っ直《す》ぐに貫き通す。

「ぐああああああっ!?」

苦悶《くもん》の声を響かせる術師。その腹を貫いているのは、少女たちも見覚えのある大槍《おおやり》。錫杖《しゃくじょう》のごとき形をしており、黄金のきらめきを放っている。

「ふー。なんとか間に合ったー。危なかったわ！」

天空から優雅に舞い降りてくるのは、天使ヨハンナ。

「雑な投げ方をするでない。ジャネットに刺さったらどうするのじゃ」

ヨハンナの傍《かたわ》らには、黒雨の魔女レインもドレスをなびかせて浮かんでいる。

「ごめんなさい、ちょっと慌てちゃった。なんのかんの言ってレインって優しいわよね」

「優しさではない。ジャネットが死んだら、フェリスがキレて女王が目覚めるじゃろ」

「あ、確かに！　プロクス王国のときも、女王様が覚醒したきっかけはアリシアが怪我《けが》したことだったものね」

悠々とおしゃべりするレインとヨハンナを、術師は怒りをたぎらせて睨《にら》みつける。

「黒雨の魔女……と、天使!?　なぜ我々の邪魔をする!?　我らは共に、女王様に仕える忠実なしもべではないか！」

天使ヨハンナはほっぺたに指を添えて首を傾《かし》げる。

「うーん、残念だけど、わたしは今の女王様の方が好きなのよね。乱暴なことする女王様は、ちょっと怖いっていうか？」

「わらわが借りがあるのはフェリスであって女王ではないのでな。そもそも探求者のような腐肉漁《ふにくあさ》りと協力するつもりはない」

黒雨の魔女レインはにべもなく吐き捨てる。

「愚か者……どもめが……！」

術師は土手っ腹に空《あ》いた穴が広がるのを気にする素振りもなく、貫いている大槍《おおやり》を掴《つか》んで引き抜いた。醜《みにく》い傷口が沸騰するように泡立ち、瘴気《しょうき》が体を再生させていく。

術師が杖《つえ》を振り上げ、しわがれた声で呪詛《じゅそ》を唱えた。杖から漆黒《しっこく》の蛇が吹き出し、唸《うな》り声を上げてヨハンナに飛びかかっていく。

螺旋状《らせんじょう》に飛翔して回避するヨハンナ。大槍を回収しようとするが、術師の攻撃が激しくて近寄れない。壁際に追い込まれたヨハンナに、蛇の群れが喰《く》らいついた。

悲鳴を上げるヨハンナ。純白のローブが血に染まり、羽根が舞い散る。

「貴様！　わらわのヨハンナに手を出すな！」

黒雨の魔女レインの袖《そで》から、真っ黒な瘴気が溢《あふ》れ出した。瘴気は無数の鎌となり、風を鳴らして術師の体に斬りつける。

「女王様の祝福を受けた我らに、魔女の邪法《じゃほう》など効くものか！」

術師は呪詛で蛇の群れを放って対抗する。

「貴様らは自称しもべじゃろうが。フェリスは貴様らに祝福など授けておらぬ」

その蛇すら、レインの操る瘴気の鎌に切り裂かれる。

二千年の時を経た魔女、かつて隷属戦争で世界を敵に戦った大災厄《だいさいやく》にとって、探求者たちの術師など未熟な若造に過ぎない。肉体を喪《うしな》って霊体になったことで、黒雨の魔女の魔術に対する理解はさらに増したのだ。

「太古の亡霊が今頃出しゃばってくるな！」

術師は歯ぎしりしてレインを睨《にら》み、杖を握り締める。

「太古の亡霊は、真実の女王も同じじゃ」

「女王様を冒涜《ぼうとく》するな！　あの方は始祖であり、終焉《しゅうえん》であらせられるのだ！」

術師の腕から血が軟体動物のように伸び、杖の内部に注ぎ込んだ。

呪われし杖が術師の血液から直《じか》に魔力を吸い取り、グロテスクに脈打つ。増強された杖に言霊《ことだま》を乗せ、術師は燃え盛る炎弾をレインに放った。

「はっ、児戯《じぎ》よ」

レインが失笑してドレスの裾《すそ》をつまみ上げると、漆黒のドレスが盾代わりになって炎弾を弾き飛ばす。

炎弾が大地を打ち、灼熱《しゃくねつ》が柱となって天を突く。

ヨハンナが急降下し、大槍を拾い上げた。そのまま流れるような動作で槍を薙《な》ぎ、術師を叩《たた》き飛ばす。亀裂を走らせて壁にめり込んだ術師に、瘴気の鎌が浴びせられる。

術師の苦悶《くもん》の叫びが響き渡り、どす黒い血飛沫《ちしぶき》が噴き上がって路面や家々を染める。情け容赦のない処刑の光景に、アリシアとジャネットは目をつぶる。

ヨハンナがフェリスの体を抱き上げた。

「今のうちに逃げましょ。女王様を休ませないと」

「フェリスが戦えない状態で、他の術師に気づかれるのは面倒じゃな。行くぞ」

レインが周囲を警戒しながら先導し、少女たちは駆け出した。

第四十章　『大聖堂』

果てしない荒野の道を、馬車が車輪を鳴らして走っていく。

車内には、フェリス、アリシア、ジャネット、テテルの四人が座り、不安げな視線を交わしていた。

充分に広い座席なのに、互いの体温を求めるようにして寄り添っている。

トレイユの街で馬車を雇えたのは幸運だったが、これからどう動けば良いのか分からない。とにかく魔法学校から遠く離れなければとの一心で、当てのない旅をしていた。

落ち着きのない馬のいななき声が聞こえたかと思うと、窓から天使ヨハンナが飛び込んできた。

続いて、黒雨の魔女レインがふわりと滑り込んでくる。

「レインさん、ヨハンナさん！　おかえりなさい！」

「ただいま、女王様！」

笑顔で迎えるフェリスに、ヨハンナが抱きつく。フェリスのことを主《あるじ》として敬ってはいる天使だけれど、その接し方は家族のようだ。

「はいっ、頼まれていたお財布、寮から取ってきたわよ！」

ヨハンナがアリシアとジャネットに財布を渡した。

「助かりますわ」

「これで馬車の料金が払えるわ」

最悪、高価なアクセサリーを売ってお金に換えようかと思っていたアリシアだが、せっかく両親からプレゼントされた品を手放すのは避けたい。

「それと、ジャネットの部屋にこんなものが置いてあったんだけど……大事な宝物みたいだったから、探求者たちに奪われないよう持ってきたわ！」

ヨハンナが差し出したのは、手の平に載るくらいのサイズの小さな人形だった。白銀の輝きが美しく、豪華な宝玉も埋め込まれている。しかし、その顔は。

「わたしのお人形……ですか？」

フェリスは小首を傾《かし》げた。

「きゃ――――っ!?」

ジャネットは仰天して人形を奪い取ろうとするが、テテルが手に取って眺める。

「よくできてるねー！　いつの間に作ったの？」

「本人に断りなく作るのはどうかと思うわ」

「ううっ……」

アリシアに呆《あき》れられ、ダメージを受けるジャネット。

「どうしてわたしのお人形を持ってるんですか？」

「そ、それは……」

フェリスに無邪気な瞳で問われ、返答に詰まる。

「気持ちの悪い娘じゃのう」

レインの率直すぎる感想で、トドメを刺される。

「どうしても欲しかったんですわー！　いつでもどこでもフェリスと一緒にいたかったんですわー！　ええ、わたくしは気持ちの悪い女ですわよ！　わたくしなんて馬車から転げ落ちてしまった方がよろしいんですわ――!!」

「やめてくださいジャネットさーん！」

ジャネットは窓に足をかけて飛び降りようとし、びっくりしたフェリスがしがみついて止めようとする……が、力が足りないのでアリシアやヨハンナも手伝う。

車内に引きずり戻されたジャネットは、床にへたり込み、しくしくと泣いた。

「ごめんなさい、フェリス……。こんなわたくし、フェリスの恋人にはふさわしくありませんわよね……」

「そんなことないです！　わたし、ジャネットさんに持っててもらえて、うれしーです！　お人形でもジャネットさんのそばにいられるの素敵ですっ！」

一点の曇りもない太陽のような笑顔で言われ、ジャネットは余計に後ろめたさが増す。

純粋すぎるフェリスと自分を比べてしまう。

「魔法学校の様子はどうだったかしら？」

アリシアがレインに訊《き》いた。

「探求者たちは既に引き揚げた後だった。フェリスを捜さねばならぬし、用済みの場所に人員を割きたくはないのじゃろう」

「フェリスが魔法学校から逃げたのは正解だったということね」

さすがは校長ミルディンの判断だ。

あのまま魔法学校に残っていたら、探求者たちのペースに乗せられて逆に被害は拡大していただろう。

フェリスが恐る恐る尋ねる。

「蟲《むし》に捕まっていた人たちは、どうなりましたか……？」

「大丈夫、わたしたちが到着した頃には、ちゃんと先生たちが助けていたわ。なんか古いじゅちゅしき？　とかいうのを使っていたみたいだけど」

ヨハンナの拙《つたな》い理解を、レインが補う。

「術式《じゅつしき》じゃ。探求者たちが古い魔導書から禁呪《きんじゅ》を引っ張り出してきたのじゃろうが、魔法学校もその手の知識にかけては専門ということじゃな」

「良かったです……」

フェリスは小さな胸に手を当てて、ほうっと息を漏《も》らした。優しい人たちが不幸にならなかったというだけで、救われた思いがする。

「そう楽観してばかりもいられんのじゃがな。魔法学校に入ったとき、妙な術式が仕掛けられているのを感じた。どうやらあれは……フェリスの魔力に反応する感知魔術だったようじゃ」

「それって……フェリスが帰ってきたら探求者たちに伝わるようになっているのかしら？」

アリシアの推測に、レインはうなずく。

「うむ。感知魔術は学校だけではなく、フェリスが頼りそうなところすべてに仕掛けられていると考えるべきじゃ」

「え、えっと……どゆことですか……？」

フェリスは困惑した。

「つまり、私の屋敷にも、ジャネットの屋敷にも、ナヴィラの里にも、バステナやプロクスの宮殿にも、かくまってもらおうとしたらすぐ探求者たちに気づかれるということよ」

「そんな……」

目を見開くフェリス。

「しばらくは、うちに帰れませんのね……」

ジャネットはため息をついた。

「ご、ごめんなさい！　わたし、一人で逃げます！　もうだいじょぶですから、みなさんはうちに帰ってくださいっ！」

フェリスはげんこつを握り締めた。ただでさえ友人たちには迷惑をかけているのに、これ以上付き合ってもらうわけにはいかない。

「こーら」

「ひゃいっ⁉」

アリシアに鼻先を軽くつつかれ、フェリスは涙目で鼻を押さえた。まったく痛くはないけれど、いきなりだったのでびっくりした。

「フェリスを一人にできるわけがないでしょう。どこで迷子になるか分からないんだから」

「わたし、迷子にはならないです……」

「しょっちゅうなってるわ。この前も市場でキャンディーに夢中になって、はぐれてしまったわよね？」

「あう……」

いつもフェリスを見守ってくれているアリシアに言われると、反論できない。自分の住んでいる街でも迷うのに、名前も知らない場所では生きていけないだろう。

「わたくしもフェリスと離れるぐらいなら、一生うちに帰れない方がマシですわ！」

ジャネットは胸を張って言い放つ。

「あたしも放浪は慣れてるし、ついでに世界一周旅行しちゃおー！」

テテルは飽くまで能天気だ。

「まあ、十年や二十年程度の放浪、散歩のようなものじゃしな」

魔女レインは鷹揚《おうよう》に肩をそびやかした。二千年の時を過ごした伝説の存在は、時間感覚のスケールが違う。

「レインと逃げていた頃を思い出すわね」

「思い出さんでくれ……つらいことばかりだったじゃろうが」

「あら、わたしにとってはあれも良い思い出なのよ？　レインと一緒なら逃避行も楽しかったし。きっと今回も楽しくなるわ！」

ヨハンナは朗らかに笑う。

「みなさん……」

アリシアの優しい腕に包まれ、フェリスは胸を震わせる。

本当は甘えていてはいけないのは分かっている。探求者たちの追跡は恐ろしい。でも、皆に囲まれていると、そんな不安も薄れていくのが不思議だった。

荒野の果てに、小さな町が佇《たたず》んでいた。

岩山の麓《ふもと》におまけのようにくっついた、石造りの街並み。建物も路面も琥珀色《こはくいろ》にまとまり、半《なか》ば砂に埋もれている。それだけでは地味に見えそうなところだが、代わりに色とりどりの垂れ幕や日よけの布が、街に美しい息吹を与えている。

「ん〜っ、ずっと狭いとこにいたから、体がカチコチだよー」

馬車を降りた少女たちは、背伸びして深呼吸する。

「ハバラスカさんはしょっちゅう馬車の隣を走っていたじゃありませんの」

「そうだっけ？」

きょとんとするテテル。

「そうですわ！　忘れないでくださいまし！」

何度も走行中の馬車の窓から出入りされ、ジャネットは気が気でなかったのだ。乗り物にはきちんと乗っていてほしい。

「そろそろ陽も暮れるし、泊まるところを探さないといけないわね」

アリシアが言うと、テテルが親指を立てた。

「あたしは野宿でも大丈夫だよ！」

「わたしもだいじょぶです！」

「わらわも平気じゃのう」

「レインと逃げていたときも、野宿は多かったものね」

予想外に野宿派が多くて、ジャネットは危機感を覚える。

「わ、わたくしは断固宿屋がよろしいですわ！　虫に怯《おび》えながら寝るのはイヤですわ！」

「ちゃんとしたベッドで寝ないと、疲れが取れないわね」

「ですわよね!?　ふかふかの毛布に包まれて寝たいですわよね!?」

宿敵ながら意見の一致したアリシアと共同戦線を張る。お屋敷育ちの令嬢にとって、サバイバルな生活は難易度が高い。

テテルがぽんぽんとジャネットの背中を叩《たた》く。

「仕方ないなー、ジャネットがそこまで言うなら、宿屋に泊まったげるよ！」

「近頃の魔術師は軟弱じゃのう」

黒雨の魔女レインは呆《あき》れ気味に空中で脚を組む。

「なぜわたくしが合わせてもらっている感じになっているんですの……」

釈然としない思いのジャネットだが、野宿を回避できて安堵《あんど》する。保存食だけの食事は切なくなってきたし、なるべく早めにお風呂にも入りたい。

少女たちは、一夜の宿を求めて町を歩いた。天使の翼はさすがに魔法学校の外では目立ちすぎるので、ヨハンナは翼を長い外套《がいとう》で隠している。

建物の軒先《のきさき》に、見慣れない騎乗動物が繋《つな》がれていた。

バステナ王国でよく使われている馬とは異なって脚が短く、ずんぐりとした胴体が長い毛で覆われている。ブラシのような毛は目元まで覆っており、目をしょぼしょぼさせて水を舐《な》めている姿に愛嬌がある。

「校長先生みたいですー」

フェリスは好奇心に駆られて騎乗動物に歩み寄った。迫力満点の馬より親しみやすく、眺めているだけで笑顔になってしまう。

「アエピカね。暑さに強いから火山でも平気で登っていくし、お腹《なか》が空《す》いたときは砂を食べて生きられるらしいわ」

アリシアは博物誌で読んだ知識をお裾分《すそわ》けする。

「砂って食べられるんですかっ⁉　いただきます！」

「人間は食べられないからやめましょうね！」

足下の砂を口に運ぼうとするフェリスを、アリシアは急いで止める。馴染《なじ》みの呪術医もいない見知らぬ町で体を壊したら大変だ。

「どうしてわたしは食べられないんですか……？」

フェリスは悲しげな目でアリシアを見上げる。

「どうしてと言われても……」

アリシアは謎の罪悪感に襲われる。あのまま食べさせてあげた方が良かったのだろうか。そんなはずはないのだけれど。

フェリスは集めた砂を、アエピカの口元に差し出す。

「はい、どうぞ。ごはんです」

「ふえ……」

砂が風に舞い上げられ、アエピカが鼻をひくつかせる。

「……ふえ？」

フェリスが小首を傾《かし》げる。

「ふえええええっくしょおおおおい‼」

「ひゃあああっ⁉」

アエピカが盛大なくしゃみを放ち、フェリスが吹き飛ばされた。ころころと転がっていくフェリス。砂の吹き溜《だ》まりに突っ込み、頭から突き刺さる。

「大丈夫ですの⁉　怪我《けが》はありません⁉」

ジャネットは慌てて駆け寄り、フェリスの足を持って引っこ抜いた。フェリスは髪も服も砂まみれで咳《せ》き込む。

「けほけほ！　びっくりしましたー」

「びっくりしただけなら良かったですわ……」

怪我《けが》がないことに安堵《あんど》して、ジャネットはフェリスの砂を払ってあげる。どさくさに紛れて自然な感じでフェリスに触れることができているのは役得だ。恋人にはなれたものの、未《いま》だにフェリスとスキンシップを取るのは緊張する。

「すんすん……なんか、いい匂いがします！」

フェリスがぴょこんと跳ね起きた。

「なにかなー？　焼きカエルかなー？」

テテルも鼻をひくつかせる。

「よしてくださいまし！　カエルなんてあり得ませんわ！」

「えー？　結構いけるんだよ、カエル」

黒雨の魔女レインがうなずく。

「魔力の回復にも打ってつけだしな。ジャネットは知らぬかもしれんが、魔術師が普段飲んでいる魔法薬にも、カエルの黒焼きが入っておるのじゃぞ」

「一生知らないままでいたかったですわー！」

ジャネットは耳を塞《ふさ》いだ。

「ちなみに魔法薬にはトカゲの黒焼きも入っておる。あとは、そうじゃな、ミイラをすりおろしたものとか、アンデッドの骨を煮込んだものとか……」

「わたくしになにか恨みがあるんですの!?」

「人類全般に恨みはあるが、そなたに個人的な恨みはないな。偉大なる先達として、魔術師の卵に教授をくれてやっているだけではないか」

ヨハンナが両手を合わせる。

「レイン、偉《えら》いわ！ 優しい子になったわね！」

「なんじゃその釈然とせぬ褒め方は……」

「やんちゃだった頃のレインなら、卵なんて容赦なく踏み潰《つぶ》していたじゃない。踏み潰さないのは偉いわ！」

「優しさの基準がおかしくありませんこと⁉」

「そもそもわらわは踏み潰しておらぬ」

不満げなレインの頭を、ヨハンナが撫《な》でまくる。レインも撫でられること自体には文句はないらしく、大人しく身を任せている。

「いい匂い、こっちからします……」

少女たちは食欲を掻《か》き立てる匂いに誘われ、通りをふらふらと歩いた。今日、口にしたのはクッキーの残りだけで、それも食べたのは朝。既に陽は傾き始めていて、フェリスとテテルはしきりにお腹《なか》を鳴らしている。

肉屋と果物屋の向こう、店の連なった角が、匂いの源だった。石造りの店内に丸太が組まれ、棚になっている。その棚に、店の主《あるじ》が焼きたてのパンを並べていく。

シンプルな丸いパン、渦巻き型のパン、砂糖がまぶされたパン、チョコクリームの入ったパンに、ハムとキャロットのパンなど、種類も様々だ。溢《あふ》れんばかりのバターと小麦の匂いが、少女たちの腹ぺこにトドメを刺す。

「わあー、おいしそうなパン！　全部買っていきましょ！」

ヨハンナが歓声を上げた。

「全部は持ち運びが大変じゃろう」

「平気よ！　わたしが全部食べるから！」

「あたしも食べるよ！　店ごと食べちゃうよ！」

テテルもやる気は満点だ。店主や他の客たちが、少女たちの方を見て笑っている。魔法学校の生徒四人に、天使と魔女の二人も加われば、旅も賑《にぎ》やかだ。

少女たちはそれぞれ好きなパンを買い求めた。フェリスはプリンパン、アリシアは苺《いちご》クリームパン、ジャネットはチョコパン、テテルはベーコンロール、レインとヨハンナはお揃《そろ》いのアップルパンだ。

「いっただっきまーす！」

少女たちは店先に並び、はむっとパンにかじりつく。

「ふああー、おいしーですーーー！」

フェリスは大きなプリンパンを子リスのように両手で持って身を震わせた。香ばしく焼き上げられた分厚くて甘い皮に歯が刺さると、その中には雲よりもやわらかなパン。そして、濃厚なプリンがたっぷり詰まっている。

夢中でぱくつくフェリスを眺め、アリシアが微笑《ほほえ》む。

「良かったわね、やっとプリンが食べられて」

「はいっ！　百個くらいほしいですっ！」

「もはやプリン中毒じゃの」

レインは苦笑する。

「探求者たちも、わたくしのプリン作りが終わってから襲撃を仕掛けてくれたらよかったのに……」

そうしたら今頃フェリスの心は鷲掴《わしづか》みだっただろう、とジャネットは嘆息《たんそく》する。空気が読めない探求者たちだ。

「はいっ、レイン。あーん」

ヨハンナがパンを差し出し、レインは反射でかじりつく。

「むぐむぐ……同じアップルパンを買ったのだから、自分のを食べればいいじゃろ」

「自分じゃ食べられないの～。わたしにも食べさせて、レイン？」

甘くささやくヨハンナ。レインは赤面し、パンをヨハンナの口元に差し出す。

「仕方ないのう……ほれ」

「あむっ……やっぱりレインに食べさせてもらうのが一番おいしいわ」

ヨハンナがレインに腕を絡め、レインは恥ずかしがりながらも離れようとしない。冷静さを失って制御が効かないのか、袖《そで》から少し瘴気《しょうき》が漏《も》れているのが危ない。

「二人って、いつもラブラブだよね～！」

「こ、こんなときまで破廉恥《はれんち》ですわ！　今は緊急事態ですのよ⁉」

ジャネットは赤くなって目を覆う。が、指の隙間《すきま》からばっちり天使と魔女を見ている。

正直羨《うらや》ましくてしょうがない。

ヨハンナが胸を張る。

「あら、こんなときだからこそ、楽しまなきゃいけないのよ？」

「そなんですか？」

「ええ！　つらいときにつらいことばっかり考えていたら、戦う元気もなくなっちゃうでしょ？　レインと一緒に世界中を逃げていたときも、わたしは所構わず思いっきりレインといちゃいちゃしていたわ！」

「と、所構わずって……」

二千年先輩の天使と魔女の話は、ジャネットには刺激が強すぎる。

「なにをしてたんですか？」

無垢《むく》なフェリスが瞳を輝かせて尋ねる。

ヨハンナはすっと目を細め、天使にはふさわしくない艶《あで》やかな笑みを浮かべる。

「えー、女王様も知りたい？　えっとね～、それはね～」

「やめなさい！」「やめんか！」

アリシアとレインの二人が止めに入った。アリシアはフェリスの耳を塞《ふさ》ぎ、レインはヨハンナの口を後ろから塞ぐ連携プレイである。

「どうして止めるの？」

「そういうのは、人に言うことではないじゃろが！」

レインの顔は真っ赤だ。

「いいじゃない、わたしたちのこと、全世界の人に自慢しましょうよ！」

「自慢するな！」

「レインのケチ～」

「ケチではない……」

圧倒的な強さを誇る災禍《さいか》の魔女なのに、ヨハンナにはとにかく弱い。ヨハンナに悪戯《いたずら》っぽくほっぺたをつつかれまくっても、されるがままになっている。

少女たちはパンを食べ終え、宿探しを再開した。

琥珀色《こはくいろ》の町は夕日に染まり、琥珀の色濃くなっていた。汗びっしょりになるほど暑かった昼間とは打って変わって、冷ややかな夜の気配が迫っている。

馬車を雇えたのはこの町までだし、早めに眠るところを確保しておかなければ、本当に寒空の下で凍えることになるかもしれない。

「あの宿とかどうかな？　食堂もついてるみたいだし！」

テテルが道沿いの建物を指差した。

「いいですわね。結構綺麗《きれい》な感じですし、虫も出なそうですわ」

ジャネットがナヴィラの里に泊まったときは、四六時中なにかの生き物の気配と鳴き声がして落ち着かなかった。

「この宿はやめた方が良いじゃろうな」

「え、なんで？」

テテルは敷居をまたごうとした足を止める。

「この紋様《もんよう》を見てみい」

玄関の扉の上に刻まれた紋様を、レインが指差す。円陣の中にローブの女性の姿が描かれ、その頭には後光が射している。

「ときどき建物に描いてある模様ですわよね。お洒落《しゃれ》ですし、わたくしは大好きですわ。なんだか見ているだけで、懐かしい気持ちになるんですの」

幼少期を過ごしたラインツリッヒの屋敷や領地の城では見たことがないのに、なぜなのだろうとジャネットは思う。

「これは真実の女王を表す印なのじゃ。つまりフェリスのことじゃな」

「ここ、わたしのおうちなんですかっ⁉」

　フェリスは目を丸くした。

「そういうことではない。この紋様を掲げているのは、『探求者たち』の信徒じゃ」

「探求者たち⁉」

　少女たちはぎょっとする。

「トレイユの街でも見たことがあるのだけれど……」

　アリシアは青ざめる。そこまで珍しい意匠ではないから、ちょっとしたおまじないか装飾の一種だと思っていた。

「表立って言わぬだけで、『探求者たち』の信徒は至るところにわんさかおる。世界の外にでも行かぬ限りは、連中の目から完全に逃《のが》れるのは難しいじゃろう」

　アリシアは眉を寄せて思案する。

「もし宿屋の人がフェリスのことに気づいたら、教団の術師に連絡されてしまうかもしれないわよね……？」

「一介の信徒がフェリスの魔力を感知できるとは思えぬが、用心すべきじゃろう。部屋での会話を盗み聞きされて、正体が露見しないとも言い切れぬ」

　少女たちは急いで宿屋から離れた。

幸い、町には他にも宿屋があった。

六人の大所帯なので二部屋を借り、フェリス、アリシア、ジャネット、テテルで一部屋、魔女と天使で一部屋に分かれる。

まだ寝るには早いし、なるべく大勢でいた方が戦力が集中して安全なので、フェリスたちの部屋に全員が集まった。

買ってきた果物やお菓子をテーブルに並べ、ひとときの団らんが始まる。といっても、この状況で呑気《のんき》な雑談をする気分ではない。

「これから、どうしますの？　いつまでも逃げ続けるだけだと、無理が来てしまうと思いますわ」

ジャネットは憂慮した。

「えー、そう？　あたしはずっとこのままでも平気だよ？　楽しいでしょ、みんなで旅行するの！」

テテルはパン屋で買った長いバゲットを切りもせずに頬張《ほおば》っている。ほっぺたはハムスターのように膨らんでいる。

「学校に戻らないと、勉強もできませんわ」

「大丈夫だよ！　おばーちゃんも言ってたけど、人生にとって大事なのは勉強だけじゃないんだよ！　ね、フェリス？」

「わ、わたしは勉強もしたいですけど……」

フェリスはおずおずと発言した。

旅が楽しいのは確かだけれど、授業で新しい知識を得るのも楽しい。なにより、自分のせいで友人たちの勉学の機会を奪ってしまうのは心苦しい。

アリシアは口元に指を添えて考える。

「まずは、なぜ探求者たちがフェリスを狙っているのか分からないと、どうしようもないわね」

ナヴィラ族とガデル族の紛争のときに分かったのは、探求者たちが『女王』への到達を求めているということだ。

フェリスの正体が女王だと気づき、魔法学校を襲ってきたという可能性もあり得るが、だとしたらフェリスを贄《にえ》に求めるのはおかしい。彼らは女王を崇拝しているから、そんな不敬なことは要求しないはずだ。

「レインさんはなにか知らないかしら？」

アリシアが尋ねると、レインは肩をすくめる。

「まったく知らぬというわけではないが、そういうことは真実の女王の側近の方が詳しいじゃろうな」

「召喚獣たちってこと？」

「うむ」

「私が質問しても、召喚獣はなにも教えてくれないのよね」

「ならば、フェリスが訊《き》けば良い。連中はフェリスの命令には逆らえぬのだから」

アリシアはフェリスを見やった。

「フェリス、お願いできるかしら？」

「は、はいっ！　……エウリュアレさん、いますか？」

召喚獣たちの中でも優しそうな相手に、フェリスは小声で呼びかける。

ベッドの上に異界への扉が開き、瘴気《しょうき》をまといながらエウリュアレが現れた。ベッドに横座りして不満げな顔をしているエウリュアレは、現実感を失わせるほどに美しい。

「……なんのご用でございますか」

「白々《しらじら》しいのう。どうせフェリスのことはいつも覗《のぞ》き見しておるのじゃろうが」

図星を突かれたのか、エウリュアレはレインを睨《にら》みつける。

「ジャネットみたいね」

アリシアは笑った。

「わわわわたくしはフェリスを覗き見なんてしていませんわ！　話しかけるタイミングが分からなくてチャンスを窺《うかが》っているときがあるだけですわ！」

「いつでも話しかけてください！　わたし、ジャネットさんとおしゃべりするの好きです！」

「え、ええ……。わたくしも、だいすきですわ……」

消え入るような声でつぶやくジャネット。

そうは言っても、なかなか勇気が出ないことが多いのだから致し方ない。最近はだいぶ慣れてきたけれど、フェリスが入学したばかりの頃は挨拶《あいさつ》するだけでも一苦労だった。

「エウリュアレさん。探求者たちは、どうしてわたしを狙ってるんですか？　教えてもらえませんか？」

フェリスは丁寧に頼む。

「その問いに答えるには、代償を頂かなくてはなりません」

「だいしょう……？」

「なにかしら……」

アリシアは危険な響きを感じ取った。

エウリュアレの瞳は黒々とぎらつき、昏《くら》い欲望を宿してフェリスを凝視している。その麗《うるわ》しい肢体からは、濃厚な香気《こうき》と共に恐ろしいまでの魔力が滲《にじ》み出していた。

彼女が欲しているのは、フェリスをこの世から連れ去ることか、それともプロクスで引き起こそうとしたような殺戮《さつりく》か。

「フェリス、待っ……」

「分かりました！　だいしょう、あげます！」

アリシアが止めようとするも間に合わず、フェリスは取引に応じてしまう。

もう、取り返しがつかない。一度契約した以上、強大な召喚獣が簡単に引き下がってくれるはずもない。

絶望するアリシアの前で、エウリュアレは艶《あで》やかな唇を吊《つ》り上げてほくそ笑み……フェリスを見つめて告げた。

「頭を撫《な》でて命令してください」

「え？」

きょとんとするフェリス。

「頭を撫でて命令してください」

くーんと鼻を鳴らす子犬のように、エウリュアレがおねだりする。

見た目は二十代中盤くらい、実年齢は何十万歳なのか不明の美女が十歳の少女に頼むにしては、不似合いな懇願。けれどエウリュアレは真剣だ。

フェリスはエウリュアレの頭を抱き寄せて撫でながら、ぎこちなく告げる。

「探求者たちがどうしてわたしを狙ってるか、お、教えてください」

「お願いではなく、命令をいただきとうございます」

「お、教えなさいっ！」

「はぁ……女王様……。すべては女王様の御心のままに……」

エウリュアレはうっとりとささやき、フェリスの胸に顔を擦《こす》りつける。長い腕を伸ばしてフェリスの腰にすがりつき、口元はよだれを垂らさんばかりに緩んでいる。妖艶《ようえん》な美女が幼い少女に全身全霊で甘えている姿は不思議だ。

「召喚獣って、女王様の子供みたいよね！」

微笑《ほほえ》ましげに眺めるヨハンナ。

「羨《うらや》ましいですわ……」

「ジャネット、本音が漏《も》れているわ」

「な、なにも漏れていませんわ！　ううう羨ましくなんてありませんわ！」

などと主張しつつも、ジャネットの視線はフェリスとエウリュアレの様子に釘付《くぎづ》けだ。

思う存分、フェリスの撫で撫でを堪能した後、エウリュアレは咳払《せきばら》いして居住まいを正した。乱れた髪は蛇のように動いて自ら整うが、頬《ほお》は上気したままだ。

「探求者たちが望んでいるのは、魔力を集めて真実の宮殿への扉を開き、真実に到達することでございます」

「真実って、なんですか？」

フェリスは首を傾《かし》げた。

「世界の起源、存在の意味、生命の構造、人がどこから来てどこへ去るのか。そのすべての答えを、探求者たちは女王様に会えば知ることができると考え、それを切望しているのです」

「フェリスに会いたいってこと？　もう会ってるのに」

テテルの疑問に、エウリュアレは小さく息をつく。

「彼らが会いたいと願っているのは、真実の宮殿にいらした頃の、本来の女王様よ。世を忍ぶ仮初《かりそ》めの『器』ではないわ」

「だから、フェリスを贄《にえ》に捧《ささ》げろなんて乱暴な要求もできるのね……」

アリシアは腑《ふ》に落ちる。もし魔法学校で脅迫に負けて引き渡していたら、フェリスはどうなっていたのか。想像するだけで背筋が寒くなる。

「その『本来の女王様』って、大人だったりしますかしら？　長い銀髪が綺麗《きれい》で、目は金色で、雰囲気はフェリスに似ているんですけど優しそうなお姉さんで……」

「なぜそれを知っているのかしら？」

エウリュアレは意外そうな顔をした。

「夢で、見たんですの」

「なるほど？　もうすぐってところかしらね。楽しみだわぁ」

親しみを込めてエウリュアレから微笑《ほほえ》まれ、ジャネットは落ち着かない思いをする。どういうわけか先日からエウリュアレの距離感が違う。

「そもそも探求者たちは女王様の忠実な信奉者で、魔導大戦以前はあの教団が世界の信仰の主流だったのでございます。探求者たちはただ女王様から授けられる真実を感謝していただけで、御座《みざ》への扉をこじ開けるなど恐れ多いと考えていたはずなのですが……」

黒雨の魔女レインが唸《うな》る。

「わらわもそれは気になっておった。古文書で読んだ探求者たちの敬虔《けいけん》な聖職者としての印象と、実際に遭遇した探求者たちの印象が合わぬのじゃ。どこかで教義がねじ曲げられたか、組織が変質してしもうたのか……」

エウリュアレは細い眉を寄せる。

「私たちの観測では、『真実の巫女《みこ》』が教団の最高職になってから、探求者たちの性質が変わったみたいだわ。扉を開《ひら》くためなら、手段を選ばなくなってしまった。魔導大戦から百年後？　いえ、五百年後くらいだったかしらぁ」

「適当だねー」

テテルが笑う。

「まあ、召喚獣にとって数百年は誤差のようなものじゃろうしな」

アリシアがエウリュアレに尋ねる。

「その『真実の巫女』って、途中で代替わりはしているのかしら？」

「貴女《あなた》はこう考えているのねぇ？　真実の巫女《みこ》は人間ではなく魔法的な存在で、探求者たちを操って殺戮《さつりく》を重ねているのではないかと」

「ええ。もしフェリスが『女王』なのだとしたら、女王を信じる探求者たちが悪いことをするのはおかしいわ。同じ巫女が何万年も探求者たちを支配して歪《ゆが》めているなら、納得できる……ひょっとしたら、巫女と探求者たちの目的は違うのかも……」

推論するアリシアを眺め、エウリュアレが笑みを漏《も》らした。

「さすがに鋭いわねぇ。女王様が私たち召喚獣を差し置いて、貴女を守護者に選んだ理由が分かるわ」

「守護者？　私が？」

「アリシアさんはいつもわたしを守ってくれますっ！　すっごくたのもしーですっ！」

フェリスがアリシアの腕に飛びついてくる。

確かに、アリシアはフェリスに出会ってから保護者の立ち回りだ。しかし、エウリュアレの言葉にはもっと違う含みがあるように、アリシアは感じた。

「守護者には、それなりの武器が必要ねぇ」

エウリュアレが手を掲げると、宙に小さな闇が穿《うが》たれた。

闇の中から現れたのは、大ぶりの見事な黄金の弓。秀麗な彫刻が施され、虹色の艶《つや》を帯びた宝玉がはめ込まれている。弦は銀糸のごとく輝き、中央に光の矢がきらめいている。

明らかに普通の弓矢ではなく、この世界の魔導具でもない。壮絶なまでの魔力と瘴気《しょうき》が、弓の深奥《しんおう》から溢《あふ》れ出している。

「これから、きっと戦いは激しくなる。貴女が女王様をしっかり守れるよう、この弓矢を渡しておくわ」

エウリュアレが弓をアリシアに差し出した。

「私がもらっていいのかしら」

「貴女には権利があるし、使いこなす力もある。もし分不相応で耐えきれなかったら、肉体が崩壊するだけよ」

召喚獣エウリュアレは平然と怖いことを言っている。

「それで、要る？　要らない？」

「……もらっておくわ」

人間が手にしてよいものなのかは分からないが、今は少しでも力が必要だ。強力な探求者たちに対抗するためには、尻込みしてはいられない。

アリシアが受け取ると、黄金の弓は金色の光と化して手の平に吸い込まれた。

「消えちゃった……」

「貴女が望めば、いつでも出てくるわ」

エウリュアレの言葉通り、アリシアが念じると手の平から金色の光が流れ出し、黄金の弓が再び形成される。初めて目にしたはずだし、魔術師は弓とは無縁なのに、妙に手に馴《な》染《じ》んでいる。弦を引くときのしなやかな感触も心地よい。

——絶対……フェリスは守るわ。

アリシアは黄金の弓を胸に抱き締めて誓った。

目を覚ますと、フェリスは宿屋の前の大通りに立っていた。

月が照らす深い夜。家々の灯《ひ》は落ち、生活の気配も失《う》せている。耳が痛くなるほど静まりかえった見知らぬ町で、フェリスは独りだった。

——わたし、どうしてこんなところにいるんでしょう?

宿屋で友人たちと今後の話し合いをして、おやつを食べて、みんな疲れていたのでベッドに入って、アリシアの腕の中で眠りに沈んでいったところまでは、覚えている。

だがなぜ、今の自分はベッドにいないのか。いつの間にか、服は寝間着から着替えて、靴も履いている。なにがどうなっているのか、思い出せない。

怖くなって宿屋に戻ろうとしたフェリスの耳に、微《かす》かな声が聞こえた。

「……様、……様、……女王様」

すすり泣くような呼び声。どこかエウリュアレの声にも似ている。その哀《かな》しそうな響きを聞いていると、フェリスは不思議と胸が締めつけられる。

「だれ、ですか……？」

放っておくことができなくて、ふらふらとその場から歩き出す。

夜の風は冷たく、指先は冷え切っていた。石造りの町に、フェリスの小さな靴音が響く。耳を突き刺すのは、しきりに呼んでくる切ない声。

フェリスが誘《いざな》われるようにして歩いていくと、広場に出た。

中央の噴水のそばに、一人の少女が立っている。ほっそりとした首、完璧に均整の取れた体。聖職者のような黒い衣装を身につけ、美しい頬《ほお》を涙に濡《ぬ》らして空を仰いでいる。

今にも世界から消えてしまいそうな、寂しげで寄る辺ない姿。真っ白な月光を浴びたその顔は——ジャネットだった。

少女はフェリスを見るや、大きく目を見開いた。悲鳴のような吐息を漏《も》らして走り出し、何度も転びそうになりつつ駆け寄ってくる。

「やっと……逢《あ》えた」

少女は泣きながら、フェリスの胸に顔をうずめた。

華奢《きゃしゃ》な肩を震わせ、決して離すまいとフェリスにすがりつく。涼やかで甘く、凛《りん》とした香りが少女の髪と首筋から漂ってくる。

「ジャ、ジャネットさん？　どうしたんですか？　どこか痛いんですか？　わたしのせいですか？」

フェリスは心配になって訊《き》いた。

また探求者たちが現れ、戦いになったのではないか。ジャネットを巻き込んだのではないかと心が騒ぐ。

「女王様、名前も忘れてしまったのですか？　ワタシの名はジャニスです」

少女は泣き笑いでフェリスを見上げた。

「……じゃにす、さん？」

「はい」

嬉《うれ》しそうに応《こた》える少女。

あだ名で呼んでほしいということなのだろうかと、フェリスは戸惑う。服は変わっているけれど、どう見ても相手の顔はジャネットだし、声や空気、匂いだってジャネットと同じなのだ。別人ということは考えられない。

「ジャニスさんは、ここでなにしてるんですか？」

「女王様に逢《あ》いに来ました」

「まだ朝じゃないから、宿屋さんに戻って寝なきゃいけないです。夜にお出かけしてたら、アリシアさんに叱られちゃいます」

「でも、女王様もワタシに逢いに来てくれたのでしょう？　だから着替えているのでは？」

「そうなんでしょうか？」

フェリスは自分の服を見下ろした。

「きっとそうです。ワタシの気配を感じて、女王様も目覚めたのです。ワタシがどこに隠れても、見つけてくれるのが女王様なんですから」

ジャニスは楽しそうに肩を縮めると、フェリスの手を引っ張る。

「さあ、行きましょう、女王様」

「どこにですか？」

「女王様とワタシにとって、この世界で一番安全な場所です」

「みんなもいるんですか？」

「もちろん、たくさんいます。全員が女王様の味方です」

どうやら自分は皆に遅れてしまっているらしい、とフェリスは思った。

まさか置き去りにされたわけではないだろうし、アリシアたちが先に行って安全な隠れ家を確保してくれているのかもしれない。急いで逃げなければいけなかったから、こんな夜更けの出発になったのだ。そう考えれば、きちんと着替えが済んでいることの説明もつく。

ジャニスは華麗な舞を披露するようにして、指先で虚空に四角を描いた。空間が長方形に切り取られ、瘴気《しょうき》で満たされた穴が開く。エウリュアレたちが現れるときの雰囲気に似ているが、扉や門などの構造物はない。

「ジャニスさん、そんな魔術も使えるようになったんですね！」

「いっぱい練習しましたから。女王様と違って、真実の世界への扉は開《ひら》けませんが」

「ここを通ったら、みんながいるとこに行けるんですか？」

「はい。みんな待っています」

ジャニスに手を引かれ、フェリスは瘴気《しょうき》の穴に飛び込んだ。

赤黒く淀《よど》んだ瘴気が肺に入ってきて、むせかえりそうになる。どこまでも瘴気の充満した空間が続いていて、前も見えない。

ジャニスの透き通った笑い声だけが響いている。

ようやくその空間を抜けると、フェリスは巨大な建築物の前に立っていた。

天に届くことを希《こいねが》うかのように高くそびえ立った尖塔《せんとう》。魔法学校の校舎の何倍も広く、ずっしりとした建物は岩山のように壮観だ。壁には天使の像が彫り込まれ、エウリュアレやレヴィヤタン、ケンティマヌス、ルーチェなど召喚獣たちの像もある。

周囲には他に建物や街はなく、ひたすらの砂漠が続いていた。砂は灰のように真っ白で、魔力の欠片《かけら》も感じられない。まるですべての力を吸われ、焼き尽くされたかのようだ。

「ここは……？」

「女王様の大聖堂です」

ジャニスがベールを目深《まぶか》に被《かぶ》り、建物に近づくと、巨大な扉が軋《きし》みながら開いた。

フェリスはジャニスの後について、大聖堂の中に入っていく。立ち並ぶ高い柱に、それよりもっと高い天井。靴底から床の冷気が伝わってきて、空気も薄ら寒い。

通路の壁際を埋め尽くす術師たちを見て、フェリスはぎょっとした。

「あ、あのっ、探求者たちがたくさんいるんですけど！　逃げなきゃ危ないと思うんですけどっ！」

必死に袖《そで》を引っ張るフェリスに、ジャニスはくすりと笑う。

「大丈夫です。皆、女王様のしもべですから」

「でもでもっ、わたしたち、何度も探求者たちと戦ったのにっ！」

「ワタシの部下たちが大変なご無礼を働いてしまい、申し訳ありません。咎人《とがにん》には永遠の責め苦で償わせますので、どうかお赦《ゆる》しください」

床に膝《ひざ》を突いて、深々と身を屈《かが》めるジャニス。

「ほら、オマエたちも」

ジャニスが命じると、直《ただ》ちに術師たちも平伏する。誰もフェリスに敵意を向けておらず、攻撃してこようとする者もいない。

――ジャネットさん、すごいです！　探求者たちが言うこと聞いてます！

フェリスは尊敬の眼差《まなざ》しを送った。

いつの間に探求者たちのリーダーになったのかは分からないが、それもひとえにジャネットの威厳とカリスマのお陰なのだろう。敬愛するこのお姉さんについていけば平気だ、なにも怖いものはないのだと感じる。

「『えいえんのせめく』ってなんですか？　こちょこちょですか？」

「こちょこちょではありません」

「プリン禁止とかですか？」

「そんな生易《なまやさ》しいものではありません」

もっと恐ろしいこととはなんだろう、とフェリスは首を捻《ひね》った。最近の生命線であるプリンが絶たれることより残虐な罰など思いつかない。

通路の奥、大聖堂の深淵《しんえん》には、ドラゴンの像が鎮座《ちんざ》していた。

ジャニスが触れると像は二つに割れ、像が埋め込まれている壁も開く。その先には、広々とした部屋があった。

やわらかな絨毯《じゅうたん》が敷き詰められ、大きな石の椅子が据えられている。優しげな女性の姿を象《かたど》った椅子には、なめらかな布やクッションが置かれ、居心地良く整えられていた。

長いテーブルの上に並んでいるのは、フェリスが見たこともない菓子や果物、贅沢《ぜいたく》な料理の数々。甘い匂いが漂ってきて、フェリスは思わずよだれを垂らす。

「女王様、どうぞこちらへおかけください」

ジャニスに促され、フェリスは石の椅子に座った。そのフェリスの膝《ひざ》の上に、背丈のあるジャニスが躊躇《ちゅうちょ》なく腰掛けてくる。

「ふぎゅっ」

潰《つぶ》れるフェリス。ジャニスは慌てて飛び退《の》く。

「も、申し訳ありません！　いつも女王様に抱っこしてもらっていたので、つい！」

「わたし、ジャニスさんを抱っこしたことないですけど……」

もしかしたら自分の記憶がおかしいのかもしれない、とフェリスは思う。

「今日はワタシが女王様を抱っこしますね」

「ふあっ」

フェリスは軽々と抱え上げられ、ジャニスの膝に載せられる。馴染《なじ》み深い匂いと感触に包まれると、探求者たちだらけの大聖堂でも安心感がある。

「女王様、なにを召し上がりますか？　ワタシが食べさせてさしあげます」

「えっと、プリンと、プリンと、プリンがいいですっ！」

「プリンばっかりですね」

ジャニスはくすくすと笑い、デザートの器を引き寄せる。スプーンでプリンをすくい、フェリスの口に運んでくれる。

魔法学校の食堂やトレイユの店で供されるのとはまた違った食感のプリンに、フェリスは夢中になった。ふんわりとやわらかくて、口に入るだけで雪のように溶けていく。カラメルソースや卵の風味はなく、砂糖をどこまでも精錬したような澄み切った味だ。

「すっごくおいしーですっ！」

目を輝かせるフェリスに、ジャニスは頰《ほお》をほころばせた。

「そうですか？　女王様に喜んでもらえて嬉《うれ》しいです」

「これ、どうやって作ったんですか？」

「世界中から集めた魔力を凝集させて、書物に記されている『プリン』の概念の平均に最も近い構造で再構築しました」

「ジャニスさん、いつも料理上手ですごいです！」

フェリスは感嘆する。一般的な料理とは異なる工程を経てプリンが生成されていることには気づいていない。とにかくプリンが美味で、他のことを考える余裕はない。

ジャニスは後ろからフェリスを抱き締め、ほっぺたを膨らませる。

「人間界にいらっしゃるなら、どうしてワタシのところに逢《あ》いに来てくれなかったんですか？　ずっと待っていたんですよ？」

「ずっと？」

「ええ、ずっとです。十万年は待ちました」

すねた顔のジャニス。

「ごめんなさい……」

フェリスは待たせてしまったことをすまなく思いつつも、十万年は言い過ぎではないかと思う。夜だって宿屋で一緒におやつを食べたし、長くて五時間くらいだろう。

「女王様はずっとなにをしていたんですか？」

「寝てました！」

フェリスは元気にお返事した。

「今夜じゃなくて、人間界に来てからの話です」

「学校に行ってましたけど……」

同じ魔法学校の生徒なのに、なぜわざわざ訊《き》いてくるのか分からない。

「その前は？」

「魔石鉱山で、奴隷として働いてました」

「奴隷……？　魔石鉱山……？」

ジャニスは柳眉《りゅうび》を寄せた。

「わたしが坑道に潜って魔石を掘ってきたら、親方たちが精錬して出荷するんです！　掘ってきた魔石の量が少ないと親方に殴られるんですけど、たくさん掘ってくるとご褒美にパンをくれるんですよ！　わたし、毎日いっぱい働いてたんです！」

フェリスは胸を張った。鉱山での労働は大変だったが、それをちゃんとこなしていたのは誇りにできる。

――偉《えら》いって褒めてもらえるでしょうか？

フェリスはわくわくして見上げる。

だが、ジャニスはフェリスの頭を撫《な》でてくれるでもなく、厳しい声音で尋ねる。

「どこの魔石鉱山ですか？」

「え？　えっと……ロアーヌの街の近くかなって、思うんですけど……」

正確な場所は不明だけれど、フェリスがアリシアと出会ったのがロアーヌの街だから、それまで暮らしていた魔石鉱山もそう遠くはないはずだ。

ジャニスは冷え切った表情で、部屋の入り口の術師に告げる。

「アスピレオの魔石鉱山を管理していた奴を連れてこい」

すぐに数名の術師が部屋にやって来た。ジャニスから放たれる鮮烈な殺気に、呼び出された術師たちは身を縮めている。

「なんのご用でしょうか、巫女様《みこさま》」

「とんでもない冒涜《ぼうとく》をしてくれたな！　まさかオマエたちの魔石鉱山で、こともあろうに女王様を奴隷として働かせていたとは！」

ジャニスが悪鬼のごとき形相で糾弾すると、術師たちは真っ青になる。互いに顔を見合わせ、喉《のど》から絞り出すようにして答える。

「鉱山の運営は鉱夫たちに任せていましたので、詳しい実態については我々も把握しておらず……」

「もしオマエたちの部下が知らずに女王様を奴隷として虐《しいた》げていたら、オマエたちはどうするのか？」

「それは……死刑に処すかと……」

「その通り。愚かさは免罪符にはならない。よってオマエたちには、目をえぐり、はらわたを引きずり出し、生きながら全身を焼き尽くす罰を与える」

ジャニスが顎《あご》で合図するや、他の術師たちが魔石鉱山の元管理者たちを捕らえる。床に押さえつけられ、元管理者たちは必死に命乞いする。

「お赦《ゆる》しを！　お赦しください！」「どんな償いでも致しますから！」

「ならば命で償え。他にオマエたちの差し出せるモノはない」

ジャニスは飽くまで冷酷に斬り捨てる。普段の優しい姿からは想像もできない態度に、フェリスは困惑する。

「あ、あのっ、あんまり酷《ひど》いことしないでほしいんですけど……。わたし、働かせてもらえて助かってましたし！」

「女王様を働かせるということ自体が、許されざる罪です」

「でもでもっ、働かないとごはん食べられませんし！　坑道は風よけにもなって、森で野宿するよりは寒くなかったですし！」

「女王様……森羅万象の主《あるじ》が、どうしてそんな暮らしを……」

ジャニスはつらそうな顔をした。

「……？」

フェリスはきょとんと首を傾《かし》げる。

確かにアリシアに拾われてからの生活に比べれば苦しかったが、それでも路頭に迷うよりはマシだ。

「女王様がそこまでおっしゃるのでしたら、仕方ありません。オマエたち、女王様の過分のご親切に感謝と贖罪《しょくざい》の祈りを捧《ささ》げなさい」

ジャニスが命じた。

魔石鉱山を管理していた術師たちは、床に頭を擦《こす》りつけて平伏する。

「無知なる罪をお赦《ゆる》しください」「我らの忠誠は永遠に女王様のものでございます」「女王様に栄光あれ！」

「ふえぇ……」

大の大人に土下座されても、フェリスは戸惑うばかりである。

術師たちの魔術によって魔石鉱山が焼き払われたときもフェリスに被害はなかったし、

鉱山から逃げ出したお陰でアリシアに出会うこともできた。

むしろ、あのとき死んでいった鉱夫たちに謝ってほしい。日常的に暴言を吐かれたり、人間扱いもされず蔑《さげす》まれたりと、フェリスに対する扱いは酷《ひど》かったけれど、腐っても物心ついたときから近くで暮らしていた人たちなのだ。

元管理者の術師たちが何度も礼をしながら退散し、宴の再開となった。

フェリスがいくら食べてもプリンは減らず、次から次へとテーブルに追加される。ジャニスが魔術で作ってくれているらしく、瘴気《しょうき》がテーブルの上に集まっては固まり、プリンと皿の形になる。

材料が同じなら味も同じなのかと思い、フェリスが試しに皿をくわえてみると、果物のような爽《さわ》やかな味がした。フェリスはプリンだけではなく皿も平らげ、あっという間にお腹《なか》いっぱいになってしまう。

「もう食べられないです……」

満足の吐息をついてテーブルに頬《ほお》をつける。石の天板はひんやりとしていて心地よい。

夜更けに宿屋を出発したので、満腹だと眠くなる。部屋にはフェリスとジャニスの二人だけで、術師たちはいなくなっていた。

ジャニスがもじもじと切り出す。

「あの……女王様？　もし良ければ、お願いがあるんですが……」

「なんですか？　たくさんプリンご馳走《ちそう》してもらいましたし、なんでもしますっ！」

「膝枕《ひざまくら》……してほしいんです」

「分かりました！」

膝枕ならデートでもしてあげたから、上手にこなせるはずだ。多分あのときの膝枕を気に入ってくれたのだろう。

ジャニスに抱っこされていたフェリスは、石の椅子に自分で座り直した。ジャニスを抱き寄せ、その頭を膝に寝かせる。

「よしよーし」

フェリスは優しくささやきながら、ジャニスの頭を撫《な》でた。

「はぁ……気持ちいいです……」

うっとりと目を細めるジャニス。フェリスの膝にしがみつき、喉《のど》を鳴らすようにしてほっぺたを擦《こす》りつける。まるで甘えん坊の子猫だ。

「ジャネットさんは膝枕が大好きなんですね」

「ワタシはジャネットではありません。ジャニスです」

「どうしてジャニスさんって呼ばれたいんですか？」

「それがワタシの名前だからです。ジャネットとは、誰のことですか？」

「え……？」

自分はなにか勘違いをしているのかもしれないと、フェリスは思い当たった。

「えと……ジャネット・ラインツリッヒさんじゃないんですか？　わたしと一緒に、魔法学校に通っている……。アリシアさんのライバルの……」

少女は首を横に振る。

「ワタシは魔法学校に通ったことはありませんし、アリシアという人も知りません」

「じゃ、じゃあ、誰なんですか？」

「ワタシはジャニス、女王様の忠実なるしもべです。『真実の巫女《みこ》』として、探求者たちの教団の指導者も務めています」

「真実の巫女……」

その名称には、フェリスも聞き覚えがあった。

プロクスの宮殿に化けていた術師が口走っていた名前。エウリュアレも、真実の巫女が教団のトップになってから探求者たちの活動が残虐になったと話していた。

ジャネットが誘拐《ゆうかい》されたり、ナヴィラ族とガデル族の紛争が起きたり、バステナ王国とプロクス王国の戦争が起きそうになったのも、探求者たちの仕業だった。

だが、フェリスの膝で無邪気に甘えている少女は、極悪非道な命令を下す指導者には見えない。魔石鉱山でフェリスが奴隷にされていたのも知らなかったのだし、巫女ジャニスと術師たちのあいだで行き違いがあるのかもしれない。

「ジャニスさんが偉《えら》い人なら、術師さんたちの悪いことをやめさせてくれませんか？」

「悪いこと？　あいつらが悪事を働いているのですか？」

ジャニスは首を傾《かし》げた。

――やっぱり、ジャニスさんは知らないみたいです！

フェリスは確信を深める。

「真実の宮殿？　への扉を開《ひら》くために、人をさらったり戦わせたりして魔力を集めてるんです！　みんな、つらい思いをしてるんです！」

「人間が苦しむのは、良いことではありませんか」

「えっ……」

予想外の返答に、固まるフェリス。人が苦しむのを肯定するなんて、どういうことなのかまったく理解できない。

ジャニスは膝《ひざ》から起き上がり、じっとフェリスを見つめた。

「万物の主《あるじ》である女王様は、かつて魔導大戦で人類と戦い、滅ぼそうとされました。女王様の手足となって戦ったのが、偉大なる召喚獣、忠実なる天使、高遠なる竜たちの軍勢です。今でも女王様なら、人類の保護ではなく殲滅《せんめつ》を命じるはずです」

フェリスは縮み上がった。

「わ、わたし、殲滅なんてしたくありません！　アリシアさんとか、ジャネットさんとか、テテルさんとか、人間はたくさんいい人がいます！」

ジャニスは嫌悪感を露《あら》わにする。

「いいえ、人間は根源的に愚かで醜《みにく》い生き物です。奴らを殺し尽くすことこそが女王様の望み。ワタシが人間を狩ってきたら、女王様も褒めてくれるではありませんか」

「褒めません！　イジワルなことしちゃダメです！」

フェリスは一生懸命訴える。探求者たちのリーダーを説得できれば、これ以上の争いや悲劇はなくなるかもしれない。

ジャニスは大きくため息をついた。フェリスの頬《ほお》に手の平を添え、顔を覗《のぞ》き込みながらつぶやく。

「……やはり、『これ』は器にすぎないか。ワタシの愛するお方ではない」

情の消え失《う》せた声の響き、人ではなくモノを見るような無機質な眼差《まなざ》しに、フェリスはびくりとした。

急に辺りの景色が揺らぎ、皮膚が痺《しび》れるほどの圧迫感で満たされる。テーブルの上の豪勢な料理が露《つゆ》と消え、石の椅子が鎮座するだけの殺風景な部屋に変わる。

真実の巫女《みこ》の体から、赤黒い瘴気《しょうき》がドロドロと溢《あふ》れ出してくる。その瘴気はあちこちに瘤《こぶ》を造り、大蛇のようにとぐろを巻きながら、フェリスを締め上げる。

「ジャ、ジャニス、さん……？」

一瞬で肺の中の空気が押し出され、フェリスは喘《あえ》いだ。

蜂蜜よりも甘くて濃密な瘴気《しょうき》が、フェリスの耳や口から忍び込んでくる。逃げなければいけないのに、なぜか体が動かない。他の者の意思に支配されているかのように、瘴気に身を委ねてしまう。

真実の巫女《みこ》の手に瘴気が凝集し、短刀が形作られた。巫女はフェリスの服をまくり上げ、肌に刃を触れさせる。刃《やいば》の冷たい感触、凶悪な輝きに、フェリスは悲鳴を漏《も》らす。

「今……そこから出してあげますからね。大好きな女王様」

巫女の狂った笑い声が、大聖堂に響き渡った。


「やめてくださいまし！」

ジャネットは叫びながら飛び起きた。

ベッドの上で息を切らし、ここが宿屋の一室だということを思い出す。まだ夜は深くて空気は冷えているのに、汗だくになっている。

恐ろしい夢を見ていた——自分が真実の巫女としてフェリスに刃を突き立てようとする夢。その中でジャネットはジャニスと呼ばれ、探求者たちの大聖堂にいた。

あまりにもリアルな夢だった。大聖堂に充満していた瘴気の匂いも、石の椅子の上でフェリスを抱いたときの感触も、フェリスに頭を撫《な》でられたときの幸福感も、未《いま》だジャネットの体に染み込んで離れない。

いや、あれは本当に夢だったのだろうか。以前、女王が出てくる夢を見たときも、ジャネットはジャニスと呼ばれていた。二つの夢には関連性があるのではないのか。

ジャネットは胸騒ぎがして、フェリスの無事を確かめようと隣のベッドを見やった。アリシアと一緒に寝ているはずのフェリスが、いない。床に転がっているわけでもなく、ソファにもいない。

「アリシア！　アリシア！」

ジャネットは熟睡しているアリシアの肩を揺さぶった。

「どうしたの……？　ジャネットも一緒に寝たいの……？」

アリシアは意識が朦朧《もうろう》としているのか、目を閉じたままジャネットをベッドの中に引っ張り込もうとする。ジャネットは足を踏ん張って抵抗する。

「違いますわ！　フェリスがいないんですの！」

「え？」

アリシアが目を開けた。

「お散歩かなぁ……？」

テテルもむにゃむにゃ言いながらベッドに身を起こす。

「こんな夜中にお散歩なんてするはずありませんわ！」

「あたしは結構するよ？　屋根の上を走り回ったりとか、ジャネットの寝顔を覗《のぞ》いたりとか、ジャネットの日記を覗いたりとか！」

「やめてくださいまし！　フェリスはハバラスカさんとは違いますわ！」

「誘拐《ゆうかい》されちゃったのかな？」

「縁起でもありませんわー！」

「落ち着いて。多分お水でも飲みに行ったのよ」

三人の少女たちは、宿屋の中でフェリスを捜した。

食堂や浴場、廊下、バルコニー、玄関、屋根裏、庭までくまなく捜し回る。急いで寝間着から服に着替え、町の通りも捜索する。黒雨の魔女レインと天使ヨハンナも起きてきて、上空から調べてくれる。それでもフェリスは見つからない。

部屋に戻ったジャネットは、顔面蒼白《そうはく》で震える。

「や、ややややっぱり、さらわれたんですわ！　きっとそうですわ！　フェリスは世界一可愛《かわい》いですし、わたくしだっていつも誘拐したくてたまりませんもの！」

「この人、誘拐犯だわ！」

警戒するヨハンナ。

「フェリスー？　どこー？」

テテルは備え付けのタンスを開《ひら》いて中を確かめる。

「さすがにそんなところにはおらんじゃろ」

呆《あき》れるレイン。

「……待って。フェリスの服もなくなっているわ」

アリシアが気づいた。

皆の服はここに吊《つる》しておいたはずなのに、一番小さなフェリスの服だけが消えており、代わりに寝間着が綺麗《きれい》に畳んで置かれている。

「フェリスが自分で着替えて出ていったってことですの……？」

「分からないけど……敵に襲われたのなら、もっと部屋が散らかっているんじゃないかしら」

「フェリスが戦ったら部屋なんて吹き飛んでおるじゃろな」

ヨハンナは安堵《あんど》して笑う。

「女王様、誘拐《ゆうかい》されたわけじゃないのね。良かったわ！」

「良くはありませんわ！　夜遅くに一人で出歩くのは危険ですわ！」

「どうしてなにも言わないで出かけたのかしら……」

アリシアは頭を悩ませる。

フェリスは真面目な子だし、外出するときはちゃんとアリシアに断るはずだ。探求者たちから狙われている現状で、仲間と離れるべきではないのも分かっているはず。

「ハバラスカさん、匂いで追いかけられませんの？」

「うーん、なんか匂いが薄いんだよね。時間はあんまり経《た》ってないと思うんだけどなー」

「そういえば、廊下の窓が開けっぱなしだったわね……。まさか、テテルさんに追いかけられないよう、匂いを消していったとか……？」

「なんでフェリスがわざわざそんなことをしますの？　わたくしのことを嫌いになったんですの⁉　別れたいから出ていったんですのー⁉」

ジャネットは半泣きだ。フェリスの突然の蒸発に動揺しきっているらしい。

アリシアはジャネットの頭を撫《な》でてなだめる。

「大丈夫、フェリスはそんな子じゃないわ。なにか理由があるのよ」

「どれ、ちょっと嗅覚を強化してやろうかの」

黒雨の魔女レインがテテルの鼻先に触れた。魔女の指から瘴気《しょうき》が線となって魔法陣を描き、黒々と輝く。テテルの鼻に紋様《もんよう》が浮かび上がり、すぐに消える。

テテルは歓声を上げた。

「おー！　匂いがいつもより分かるよ！　ジャネットの髪の毛一本一本の匂いが嗅ぎ分けられるくらい！」

「やめてくださいまし！」

ジャネットは頭を守ってテテルから距離を置いた。友達同士だとはいえ、執拗《しつよう》に髪の匂いを嗅がれるのは抵抗がある。

テテルがフェリスの寝間着に顔をうずめて鼻を鳴らす。

「くんくん！　くんくん！　よーし、フェリスの匂い覚えたよ！」

「くっ……フェリスの恋人はわたくしですのに！」

歯噛《はが》みするジャネット。

「あなたはなにを羨《うらや》ましがっているの……」

呆《あき》れるアリシア。

「こっちだよ！」

テテルは床に手を突き、犬のように匂いを嗅ぎながら四足歩行で駆け出す。

少女たちはテテルの後を追って宿屋を出発した。念のため、戦闘用の杖《つえ》も小脇に抱えている。

見知らぬ町の夜は、物陰になにか潜んでいる気がして心細かった。家々は重い静寂《せいじゃく》の海に沈んでいて、住民が死に絶えた廃墟のようだ。

少女たちがたどり着いたのは、噴水のある広場だった。

「……あれ？　フェリスの匂いがない……」

テテルは困惑して立ち止まった。地面に鼻を擦《こす》りつけるようにして匂いをたどろうとするが、見つからない。

「ここでぷっつりと途切れちゃってる……フェリス、消えちゃったのかな？」

「わたくしも消滅しますわー!!」

「しっかりして」

涙目で杖《つえ》の先を喉《のど》に突きつけるジャネットから、アリシアは杖を取り上げる。フェリスを全身全霊で愛しているのは良いことだが、パニックに陥《おちい》ってしまってジャネットの暴走が普段の三倍増しになっている。

「ここから飛んでいったのかしら？」

天使ヨハンナが翼を羽ばたかせて浮かび上がる。

「だったら匂いが上に続いてるはずなんだよね」

「つまり下ですわね!? フェリスは地底にいるんですのね!?」

しゃにむに地面を掘り始めるジャネットをアリシアが止める。

「やめなさい。素手じゃ無理だし、爪が剥《は》げるわ」

「でもフェリスが！　フェリスが土に埋まってますの！」

「潜った跡がないし、土の中にはいないと思うわ」

「じゃあどこにいますの!?　はっ!?　まさか、アリシアが食べてしまったんじゃ……フェリスを出してくださいましー！」

ジャネットがアリシアにむしゃぶりつく。もはや収拾がつかない。

——落ち着くまでしばらく氷魔術で凍らせておくべきかしら……？

アリシアは真剣に検討するものの、今のジャネットに攻撃魔術を放ったら本気で反撃されそうだ。ただでさえ最近のジャネットは魔力が急激に増えているし、お互い無事では済まないだろう。

テテルが鼻をひくつかせる。

「ん……？　フェリスの匂いに、誰か他の匂いが混じってる……。二人でここにいたみたい……」

「きっとその人がフェリスをさらったんですわ！　そうに違いありませんわ！」

「早く追いつかないとまずいわね……」

アリシアは焦燥感《しょうそうかん》を覚える。

「うーん、この匂い……なんか嗅ぎ覚えがあるんだよね……」

「顔見知りの犯行ってことですの!?」

「それなら、フェリスが抵抗しなかったのも納得できるわね」

「誰なんですの!?　思い出してくださいまし！」

テテルが手を叩《たた》く。

「あ、分かった！　これ、ジャネットの匂いだよ！」

「は!?」

驚くジャネットに、アリシアがじっとりした視線を注ぐ。

「いつかやるとは思っていたけれど、ついに誘拐《ゆうかい》を……」

「違いますわ！　わたくしではありませんわ！　匂いの空似《そらに》ですわ！」

ジャネットは全力で否定する。

「まー、そうだよね。ジャネットが犯人だったら捜さなくていいしね」

「ええ……」

疑いが晴れて胸を撫《な》で下ろすジャネットだが、その脳裏に夢の記憶が蘇《よみがえ》る。

うっすらとだが、覚えている。噴水の前に、フェリスと二人で立っていたこと。フェリスの手を引っ張り、『行きましょう』と誘っていたこと。

あれは、いったいなんだったのだろうか。本当に自分は犯人ではないのだろうか。己《おのれ》への疑惑が募っていくけれど、友人たちに打ち明けることはできない。

「これは……転移魔術を使ったようじゃな」

「てんいまじゅつ？」

目をぱちくりさせるテテル。

「うむ。微《かす》かだが、転移魔術の痕跡がある。ここを見よ」

レインが虚空を指差す。

「なにもないよ？」

「ないわね」

「なにも見えませんわ」

揃《そろ》って首を傾《かし》げるテテル、アリシア、ジャネット。

「ふむ……微かすぎて小娘たちには感知できぬか」

ジャネットは腰に手を当てて唇を尖《とが》らせる。

「失礼ですわね！　わたくしはもう十二歳、立派なレディーですわ！」

「わらわの百分の一も生きておらぬではないか」

黒雨の魔女レインは失笑する。

「転移魔術の残滓《ざんし》を利用できそうじゃ。広げてみるか」

フリルの重なった袖口《そでぐち》から瘴気《しょうき》が溢《あふ》れ出し、二本の長い腕が形成された。禍々《まがまが》しい力に満ちた先端が鋭い爪のように尖り、虚空に突き刺さる。

空間に亀裂が走り、漆黒《しっこく》の長い爪によって無理やりこじ開けられていく。歪《ゆが》む景色。蹂躙《じゅうりん》される空間から火花が飛び散り、凍《い》てついた空気が放たれる。

「ヨハンナ、手伝ってくれ」

「了解！」

空間の亀裂にヨハンナが大槍《おおやり》を突き立て、天使の力を注ぎ込む。魔女の力とぶつかり合い、渾然《こんぜん》一体となって、瘴気の爆発が起きる。

噴水の上の空中に、家の扉ほどの穴が穿《うが》たれた。周囲の空気が急速に吸い込まれ、それに巻き込まれて少女たちも引きずられていく。

「なんですのーっ⁉」

「森ウナギに食べられるときみたーい！」

「入って大丈夫なのよね⁉」

悲鳴を上げる少女たちを、虚空の穴が呑《の》み込む。不安定に穴が揺らぎ、縮み始める。

「急げ、消えてしまうぞ！」

「待ってー！」

黒雨の魔女レインと天使ヨハンナも穴に滑り込んだ。

穴の内部は赤黒い瘴気《しょうき》に満ちており、ジャネットとアリシアは呼吸をするだけで肺が焼けるように痛んだ。涙や咳《せき》も止まらず、一歩進むごとに体力が奪われていく。

「二人とも、大丈夫？　風邪？」

心配するテテル。

「風邪ではありませんわ……。どうしてテテルさんは瘴気にやられていないんですの？」

「よく分かんないけど、いっぱいごはん食べてるからかな？」

「ごはんくらいで耐性がつくならわたくしもそうしますわ！」

「じゃあ今度、一緒に牛を何頭か食べよ！」

「一頭も食べられませんわ！」

テテルの故郷では違うのかもしれないが、ジャネットの育った地域では食事は皿で数えるものなのだ。頭《とう》ではない。

「耐性があるのも当然じゃ。ナヴィラの人形はそもそも人間ではない」

テテルが口を尖《とが》らせる。

「あー、人形扱いするのは酷《ひど》くない？」

「事実じゃ」

「レインは幽霊だし、わたしは天使だし、いろんなヒトがいていいんじゃないかしら？」

ポジティブなヨハンナ。五人のうち三人が人間ではない異色のチームである。多数決を取ったら常識的な決定は下せそうにない。

「とはいえ、泊まりは遠慮したいところじゃの。空間そのものから敵意が滲《にじ》み出ていて、気を抜くと浸食されてしまいそうじゃ」

黒雨の魔女レインはドレスの袖《そで》で煙たそうに瘴気を払う。

アリシアとジャネットはなるべく息を止め、必死に出口を探す。やがて前方に光が見えてきた。徐々に瘴気も薄れている。少女たちはうなずき合うと歩調を速め、駆け足になって出口から飛び出す。

ようやく危険な空間を脱出した、と安堵《あんど》するのも束《つか》の間。

少女たちは、『探求者たち』の術師に包囲されていた。漆黒《しっこく》の天蓋《てんがい》へとそびえ立つ建築物の前で、術師たちが杖《つえ》を構えて少女たちを狙い澄ましている。

「な、なんですの、これは⁉」

愕然《がくぜん》とするジャネット。

「罠《わな》、だったのかしら……」

アリシアは杖を握り締めて後じさる。

「あっちもびっくりしてるみたいよ？」

大槍《おおやり》を持ち直すヨハンナ。

「連中がフェリスを欺《あざむ》いて拐《かどわ》かし、本拠地に連れてきたというところかの」

「あの建物の中にフェリスがいるってこと？」

「恐らくは」

「じゃあ、助けなきゃ！」

「もちろん、そうしますわ！」

術師たちの杖から、闇の塊が放たれた。ジャネットとアリシアが言霊《ことだま》を唱え、魔術の風と炎で迎撃する。テテルとヨハンナが術師たちに向かって突撃し、拳と大槍で敵を吹き飛ばす。

「ここは敵の根城《ねじろ》、律儀に全員を倒していたらキリがない！　さっさと突入してフェリスを救出するぞ！」

包囲の壁に開いた隙間《すきま》を潜《くぐ》り抜け、少女たちは大聖堂へと走る。テテルが扉を蹴り開けようとするが、びくともしない。

「いったーい！　なんで壊れないの⁉」

「扉は壊して入るものじゃないと思うけれど……鍵でもかかっているのかしら？」

「鍵なら普通にぶっ壊せるよー！」

テテルが繰り返し足を叩《たた》きつけても、金属同士のぶつかるような音が響くだけだ。

「魔術的な封印じゃな。離れていよ」

黒雨の魔女の袖《そで》から瘴気《しょうき》の腕が伸び、扉に食い込んでいく。扉の表面に真っ黒な血管のような筋が浮かび上がる。所々に瘤《こぶ》ができて膨らみ、グロテスクに脈動している。それぞれから黒い液体が噴き出して破裂し、扉が腐り果てて溶解した。

「これで大丈夫じゃ」

「見た目が全然大丈夫じゃありませんわ！」

ジャネットは身震いして大聖堂に駆け込む。

探求者たちは恐ろしいが、黒雨の魔女も怖い。フェリスによって浄化されたはずだが、今なお底知れぬ闇に満ちている。敵ではなく味方なのが救いだ。もし天使と魔女がいなければ、ただの生徒が邪教の本拠地に乗り込むなど無謀すぎる。

大聖堂の中は美しかった。整然と並んだ柱に、壁の秀逸なレリーフ。見たことのある召喚獣を象《かたど》った彫像が並び、天井には天使の絵が描かれている。

「なんだか……邪教の巣窟のイメージとは違いますわね……」

「聖域って感じの建物ね。綺麗《きれい》だけれど……」

決して神聖さを感じないのは、充満した濃厚な瘴気《しょうき》のせいだろう。黒雨の魔女の操る瘴気よりも禍々《まがまが》しく、怨念のこもった気配。大聖堂の奥を目指して進むにつれ、その重苦しさは余計に増していく。

駆けつける術師たちと戦いながら、少女たちは通路沿いの部屋を手当たり次第に調べた。どこにもフェリスの姿はない。襲い来る数多《あまた》の魔術に、少女たちの体力と魔力が激しく消耗していく。

「本当にここにフェリスがいるのですかしら⁉」

「間違いないよ！　フェリスの匂いがする！　ジャネットの匂いも混じってる！」

「こんなところ来たことありませんわ！」

否定しつつも、ジャネットは大聖堂の光景に既視感を覚える。夢の中で、フェリスを連れて通った気がするのだ。

まるで、自分が自分ではないような感覚。この先には行ってはいけない、でも行かなくてはいけない、と相反する思考がせめぎ合っている。

少女たちは術師たちから逃《のが》れ、通路をひた走った。ようやく追跡をまけたと思った直後、足下の床が崩れ落ちる。石材がバラバラになって、奈落へと吸い込まれていく。

「きゃあああああっ!?」

悲鳴と共に落下していくアリシアとジャネット。空中で二人をキャッチするテテル。鋭い風が少女たちの肌を切る。

魔女レインと天使ヨハンナが助けようと追いかけるが、その前に床が再び生成される。

「みんなが閉じ込められたわ！」

「分断する気じゃ！」

レインとヨハンナは床を破壊しようとするものの、強力な魔法結界が張られていて簡単には行かない。そうしているあいだに大勢の術師が押し寄せ、攻撃を仕掛けてくる。

一方、テテルはアリシアとジャネットを抱えて床下の空間に着地していた。

「ここ、なんだろ……？」

さっきまで走っていた通路の真下に、大きな空洞が広がっている。壮麗な大聖堂とは正反対に、殺風景な景色。

装飾はなく、窓もなく、無骨なたいまつの灯《あか》りだけが照らしている。岩をそのまま切り出してきたような床には、至る所に赤黒い染みがあった。

「処刑場、かしら……」

そんな言葉が最も似つかわしいと、アリシアは感じた。

「恐ろしいことを言わないでくださいまし！」

「処刑されるのって、やっぱりあたしたち？」

「断じて違いますわ！　処刑なんてされてあげませんわ！」

少女たちは互いの背を後ろにして陣形を組む。どこから敵の攻撃が仕掛けられるか分からず、背筋を冷や汗が伝う。

点在するたいまつのあいだ、その拭《ぬぐ》い去れぬ闇の中から、悠然と歩み出る影があった。ゆっくりと手を叩《たた》き、目深《まぶか》に被《かぶ》ったフードの下で、唇を醜《みにく》く吊《つ》り上げている。

ろくに術師たちの見分けがつかない少女たちも、この術師のことは覚えている。忘れたくても忘れられない。

幾度も大勢の人間を操って災いを撒《ま》き散らしてきた術師――イサカイ。

「脆弱《ぜいじゃく》なる俗人《ぞくじん》の身で、『器』を追ってこんなところまで来るとは……なんと美しい友情なのでしょう。反吐《へど》が出る」

賛美しつつも侮蔑《ぶべつ》し、淀《よど》みきった嗤《わら》いを浮かべている。その全身から漂う瘴気《しょうき》が、壮絶なプレッシャーとなって少女たちの方へと吹きつけてくる。

ジャネットは恐怖に膝《ひざ》がくずおれそうになりながらも、喉《のど》から声を絞り出す。

「フェ、フェリスはどこにいるんですの!?　さっさと返しなさい！」

「返していただいたのは、我々の方です。遙《はる》かなる古《いにしえ》の刻から、女王様は我々の主《あるじ》なのですから」

「どうせフェリスを騙《だま》してここに連れてきたのでしょう!? そういうのを誘拐《ゆうかい》と言うのですわ！　あなたたちは極悪非道な誘拐犯ですわ！」

「『器』の意思など関係ありません。女王様は我々と共に在《あ》るべき。そして、女王様を惑わす俗人は消え失《う》せるべきなのですよ！」

イサカイが鈍色《なまりいろ》の杖《つえ》を振り上げた。

ざらついた耳障《みみざわ》りな声が言霊《ことだま》を唱え、杖の先端に魔法陣が展開される。魔法陣から嵐が沸き起こり、少女たちに襲いかかった。

「自分勝手すぎますわ！」

ジャネットは風魔術で嵐を生み出し、術師の放った嵐に叩《たた》きつけた。二つの嵐が互いを爪で削りながら激突し、反発するようにして爆発する。

吹き飛ばされるイサカイと少女たち。ジャネットはさらに風魔術で無数のカマイタチを生成し、イサカイに向かって乱射する。

「小娘が生意気な！」

イサカイが杖を振り下ろすと、ジャネットの足下から嵐が発生し、地面を崩壊させる。

ジャネットはカマイタチで己《おのれ》の体をすくい上げ、空中を舞いながら言霊を詠唱《えいしょう》する。

「あまねく空の豊麗よ、我が手に集いて邪《よこしま》を滅せよ――エアリアルスパーク！」

ジャネットの杖《つえ》に魔法陣が広がり、空気の塊が凝縮する。塊は火花を散らして膨張し、力のみなぎる表面が幾つもの尾を引く。

高速で回転してイサカイに迫る塊。イサカイの顔が歪《ゆが》み、突き出した眼球が乾く。鼓膜の破れそうなほどの爆音が轟《とどろ》き、粉砕された壁が霰《あられ》となって降り注ぐ。

テテルが小躍りする。

「ジャネット、すごーい！　敵が粉々だよ！」

「ふふん、これがわたくしの実力ですわ！　フェリスのお陰で魔力も成長しましたし、この世界にわたくしに敵《かな》う人間などいませんわ！」

顎《あご》をそびやかしたジャネットの背後に、イサカイが現れた。粘っこくまとわりつくような笑みが、イサカイの青白い顔に浮かぶ。小声の詠唱《えいしょう》。

「え……？」

殺気を感じたジャネットが振り返る暇もなく、イサカイの杖から紫の光が放たれた。光は筋と化してジャネットの首に突き刺さる。倒れるジャネット。体中におぞましい紋様《もんよう》が浮き上がり、そのすべてから血が噴き出す。

「あっ……あっ……あああっ……」

魂の焼き切れるような激痛に、ジャネットは地面を転がって喘《あえ》いだ。起き上がって反撃しなければと思うのに、意識を保つだけで精一杯で、言霊《ことだま》を唱えることができない。

「確かに魔力は人間とは思えぬほど高いですが、戦いのなんたるかを理解していない。所詮《しょせん》は子供だということですよ」

イサカイが嘲笑《あざわら》ってジャネットの頭を踏みにじる。

「…………っ！」

大貴族の尊厳を貶《おとし》められる屈辱、卑劣な誘拐犯《ゆうかいはん》に報《むく》いを受けさせられぬ悔しさに、ジャネットは言葉にならない悲鳴を喉《のど》から漏《も》らす。

「ジャネットをいじめるなーっ！」

テテルがイサカイに飛びかかり、その強靭《きょうじん》な拳で薙《な》ぎ払う。爪が軌跡を描き、イサカイの顔に斬撃を刻む。イサカイが憤怒《ふんぬ》の声を響かせる。

テテルは他方の拳をイサカイの喉に突き入れた。目にも止まらぬ速度で、腹に膝《ひざ》を叩《たた》き込む。吹き飛ばされ、壁に激突するイサカイ。

「ジャネット、しっかりして！」

テテルはジャネットに駆け寄る。

壁が生き物のように歪み、大顎《おおあご》となってテテルに喰《く》らいついた。無警戒だったテテルの体が半分にへし折れ、なまなましい破壊音が響く。壁はテテルに覆い被《かぶ》さり、貪欲に咀《そ》嚼《しゃく》しながら呑《の》み込んでいく。

「くく……はははは！　なんのためにここへあなたたちを招待したと思っているのですか!?　この祭場にいる限り、誰も私からは逃《のが》れられない！」

哄笑《こうしょう》するイサカイの杖《つえ》からは、犠牲魔術の魔法陣が展開されていた。

床に染み込んだ赤黒い液体、そして満ち溢《あふ》れる腐臭は、哀れな贄《にえ》たちのものなのだろう。そして、奴に敗北すれば、少女たちもまた犠牲魔術の糧となる。

「朗々たる祝礼、回帰をもたらす熱き雨よ、大地に紅蓮《ぐれん》の華を咲かせよ――イグニス・ローズ！」

アリシアは早口で言霊《ことだま》を唱えた。

大きな魔法陣が広がり、空中に真っ赤な薔薇《ばら》の花びらが舞い散る。花びらは幾百の焔《ほむら》となって降り注ぎ、空気を白熱させて敵の周囲を染め上げる。ありったけの魔力を投入した大規模範囲魔術に、イサカイは避けることすらできず業火に呑《の》まれる。

「はあっ……はあっ……はあっ……」

アリシアは杖にすがりついて体を支える。

なんとかイサカイを倒せたものの、高位魔術は体の消耗が激しい。ジャネットとは違い、元々アリシアは魔力の潤沢《じゅんたく》なタイプではないのだ。敵の応援が来ないうちに、早くジャネットとテテルを助けて離脱しなければいけない。

「なるほど、『器』といえど女王様のそばにいるだけあって、ただの子供というわけではないらしい」

「……!?」

業火の向こうからイサカイの声が聞こえ、アリシアは耳を疑った。

――あれだけの魔術を直撃させたのに……！

腹の底から絶望がせり上がった直後、無数の刃《やいば》が空中からアリシアを囲んでいることに気づく。魔法結界を張ろうとするも間に合わない。あらゆる方向から刃が襲いかかり、突き刺さり、杖も打ち砕く。

床に倒れ伏すアリシア。起き上がろうとしても、体に力が入らない。テテルの姿もなく、うずくまったジャネットは微動だにしない。

「おやおや、杖が壊れてしまいましたか？　いけませんねえ、魔術師の命である杖を粗末に扱うとは」

イサカイが空中に浮かび上がり、嗤《わら》いながら少女たちを見下ろす。圧倒的な暴力が戦場を支配し、無力感がアリシアの四肢を萎《な》えさせる。

やはり、魔法学校の生徒程度では、邪教の指導者たちに打ち勝つことなど不可能なのだ。魔力のレベルも、実戦の経験も、人を苦しめることへの覚悟も、なにもかもが違いすぎる。

このままでは、アリシアだけではなくジャネットもテテルも命尽き果ててしまう。あの無垢《むく》で善良なフェリスも、探求者たちに利用されて終わる。

――そんなのは……、絶対にダメ……。

アリシアは、フェリスの笑顔が好きなのだ。ずっと虐《しいた》げられていたフェリスが幸福を知り、アリシアの腕に包まれて安らいでいるときの姿が、大好きなのだ。女王などと呼ばれて人々を滅ぼすのは、フェリスの願いではない。

――力に耐えきれなかったら肉体が崩壊するって、エウリュアレさんは言っていたけれど……。

アリシアの指が、ぴくりと動いた。

どんな代償を払おうと、フェリスを救い出さなければならない。これは理屈ではない、本能。どれほど体が擦《す》り切れていても、決して擦り切れることのない衝動。フェリスに初めて逢《あ》ったときから、あの子を放っておくことなんてできやしなかった。

アリシアは苦痛に喘《あえ》ぎながら立ち上がり、手の平を空にかざす。

その手から、金色の光が溢《あふ》れ出した。光は美しく弧を描き、黄金の大弓となる。辺りの瘴気《しょうき》を掻《か》き消すほどの力が、弓の深奥《しんおう》から滲《にじ》み出している。

イサカイは狼狽《ろうばい》した。

「その紋章は……天使長の弓!? なぜあなたが持っているのですか!?」

「分からないわ。この弓がなんなのか、どうしてエウリュアレさんが私にこれをくれたのかも」

アリシアは静かに弦を引く。

弦の中央に光の矢が形成され、恐ろしいまでの魔素がみなぎっていく。あたかも異なる世界からの力が、すべて弓矢に送り込まれているかのように。

「ただ一つ分かるのは……私はフェリスを守るために居るということ」

アリシアの指が弦を解き放った。

撃ち出された光の矢が、空中に光輝の軌跡を描く。飛んでいく、といった牧歌的な表現はふさわしくない。放たれると同時に矢がイサカイを貫き、弓とのあいだに光の柱が生まれる。轟音《ごうおん》と灼熱《しゃくねつ》が世界を焦がし、天井の石材すらも溶解させて消滅させる。

致死の宣言に、回避も防御も不能。大空洞を覆っていた魔法結界は跡形もなく消え去る。

「なんという……力なの……」

アリシアの指は震えていた。

これに比べたら、自分が今まで使っていた魔術なんて子供の遊びのようなものだ。反目し合う諸国家に知られれば、この弓矢を巡って激しい戦争が巻き起こるだろう。人間界に存在していてよい武具ではない。

最後の力を使い果たし、アリシアは倒れ込む。

「アリシアーっ！　大丈夫⁉」

なくなった天井の方から、天使と魔女が舞い降りてくる。

「ええ……そうみたい」

レインは呆《あき》れたように肩をそびやかした。

「そなたらは、実に不思議な娘たちじゃな。フェリスといい、テテルといい、ジャネットといい、妙な連中ばかり揃《そろ》っている」

「伝説の魔女さんに言われるのは、変な気分ね」

アリシアはかすれた笑いを漏《も》らした。


天使ヨハンナがジャネットとアリシアの傷を癒し、壁に埋まっていたテテルを掘り起こしてから、少女たちはフェリスの捜索を再開した。

部屋という部屋を調べながら、通路の奥へと進む。だが、フェリスの姿はどこにも見当たらない。なるべく術師たちとの戦闘は避けていても、敵地の真っ只中《ただなか》を逃げ回る少女たちには疲労が溜《た》まっていく。

やがて、通路は行き止まりに突き当たった。

二本の柱のあいだに壁があり、ドラゴンの彫像が埋め込まれている。鋭く尖《とが》ったかぎ爪

も、鱗《うろこ》に覆われた顎《あご》も、細部まで造り込まれている。

「フェリス、いなかったよ！」

「女王様、かくれんぼしているのかしら？」

「それはないと思うけれど……。見落としてしまったのかもしれないわ」

「もう一度見て回るしかないのう」

道を引き返そうとする友人たちの背中を眺め、ジャネットはためらっていた。

見覚えがあるのだ――この場所に。フェリスに刃《やいば》を向けた夢の中、ジャニスと呼ばれた自分は、同じ通路の突き当たりにやって来ていた。

やはりあれは、夢ではなかったのだろうか。考えたくないことだけれど、フェリスをさらったのはジャネット自身だったのだろうか。

分からないことばかりで、真実が白日の下にさらけ出されるのが怖くて、ジャネットは震える。だが……大事なのはジャネット自身より、フェリスの安全だ。

ジャネットは覚悟を決め、声を上げる。

「あ、あのっ！」

「どうしたの？」

振り返るアリシア。

「わたくし、この場所を知っていますの」

「まさか、来たことがあるの？」

「そうじゃないんですけれど。夢の中で来たような気がするんですの」

「予知夢ってこと？」

テテルが目を丸くする。

「予知夢だとは……思いたくありませんわ」

もしそうだとしたら、ジャネットはこれからフェリスを傷つけることになる。そんなことは絶対にあってほしくないし、あり得ない。

「確か……この辺りに封印の術式が仕掛けられているはずですわ」

ジャネットは壁に埋め込まれたドラゴンの像に手を伸ばし、その両眼に触れた。

魔法陣がドラゴンの額に浮かび上がり、仄暗《ほのぐら》い光が眼《め》に灯《とも》る。ドラゴンの像は顎を大きく開き、その喉《のど》から錆《さ》びついた声が漏《も》れた。

『お帰りなさいませ、巫女様《みこさま》。どうぞお通りを』

ドラゴンの像が二つに割れ、ゆっくりと左右に動いていく。それと共に壁も左右に開き、通路の先に大きな部屋が現れる。

その部屋は、大聖堂の他の場所に増して濃密な瘴気《しょうき》に満たされていた。壁も床も天井もなめらかな石造りで、万物を撥《は》ねつける沈黙に支配されている。沈黙そのものに重量があり、息をするだけで押し潰《つぶ》されそうな圧迫感だ。

部屋の奥に、女性の姿を模《も》した石の椅子が置かれている。玉座《ぎょくざ》を彷彿《ほうふつ》とさせる椅子の上にいるのは、フェリスだった。ぐったりと目を閉じ、身動きもしない。赤黒く明滅するイバラが体に巻きつき、石の椅子に縛りつけている。

「フェリスだ！」

「ここにいたのね！」

「早く帰りますわよ！」

ジャネットたちはフェリスに駆け寄ろうとする。

だが、その眼前に何者かが現れた。聖職者の衣装を身につけ、ベールを目深《まぶか》に被《かぶ》っている。体格は少女のものだが、そこから放たれる悪意と瘴気《しょうき》は尋常ではない。

この大聖堂に満ちている瘴気の源が、彼女であるのは明らかだ。探求者たちの上に君臨している『真実の巫女《みこ》』とは、この少女に違いない。

動けば、死ぬ。そんな確信に囚《とら》われ、アリシアとジャネットは凍りついた。戦わなければいけないと分かっているのに、身動きが取れない。心臓が激しく脈打ち、嫌な汗が顎《あご》を伝い落ちていく。

少女のベールの下で、ぞっとするほど美しい唇が開いた。少女は魂を逆撫《さかな》でするような声でささやく。

「女王様とワタシの家に踏み込むとは、罪深き塵芥《ちりあくた》よ。けれどワタシは赦《ゆる》そう。オマエたちを御前《ごぜん》で屠《ほふ》れば、女王様もかつての心を取り戻してくださるだろうから」

巫女が空中に浮かび上がった。巫女の袖《そで》が伸び、弧を描いてジャネットたちに襲いかかってくる。袖の奥からは、無数の触手、眼球、そして呪詛《じゅそ》の鳴動が蠢《うごめ》いている。

「触れたら魂まで喰《く》われるぞ！」

魔女レインが右の袖に己《おのれ》の瘴気をぶつけ、天使ヨハンナが左の袖に大槍《おおやり》を打ち合わせて、巫女の攻撃を食い止める。

「天使がなぜワタシに抗《あらが》う⁉　女王様を裏切ったのか⁉」

怒りに口元を歪《ゆが》める巫女。

「今のうちじゃ！」

「女王様を助けて！」

魔女と天使が叫び、ようやくジャネットとアリシアの金縛りが解ける。石の玉座に向かって駆け出す二人。フェリスを縛っているイバラが伸び、二人を貫こうとする。すんでのところで回避する二人だが、イバラが肌をかすって痕を刻む。それだけで瘴気が体内に浸食し、壮絶な目眩《めまい》に倒れそうになる。

そこを狙ってイバラが再び飛びかかってきた。ジャネットは風魔術のカマイタチを放ち、アリシアは魔術の炎で焼き払って応戦する。

「忌々《いまいま》しい人間共め！　女王様の偉大な意思に逆らうな！」

巫女《みこ》は左右の袖《そで》で魔女と天使と戦いながら、そのままジャネットとアリシアの方へ急降下してくる。巫女の胸から瘴気《しょうき》が噴き出し、蛇の群れとなってジャネットたちに喰《く》らいつこうとする。

「だめーっ！」

テテルが巫女に飛びつき、羽交《はが》い締《じ》めにして止める。

「このっ……離れろ！　穢《けが》らわしい！」

「やだ！　あたし汚くないもん！」

激怒する巫女を、テテルは断固として放さない。巫女が壁に自分ごとテテルを叩《たた》きつけ、体を削り取ろうとする。しかし頑丈なテテルはダメージを受けない。渾身《こんしん》の力で巫女を抱きすくめ、壁に脚を突き立てて固定する。

「こっちは大丈夫だから、行って！」

「ええ！」

「任せてくださいまし！」

アリシアとジャネットが石の椅子の正面にたどり着く。依然として目を覚まさないフェリスだが、胸は小さく上下していて、命の息吹は宿っている。

ジャネットがフェリスを抱き上げようとすると、フェリスを縛っているイバラが幾つもジャネットに突き刺さった。頭の奥で火花が走り、激痛が身を苛《さいな》む。

それでもジャネットは手を緩めない。この程度の痛み、プロクス王国でフェリスの暴走を止めたときに比べれば、たいしたことはない。奥歯を噛《か》み締め、痛みを噛み殺す。崩れそうになる膝《ひざ》を踏ん張って、腹の底から叫ぶ。

「わたくしは、フェリスを連れて帰るんですの――っ!!」

渾身の力で、ジャネットは玉座《ぎょくざ》からフェリスをもぎ取った。呪縛のイバラが萎《しお》れ、灰と化して崩れ落ちていく。

「そんな！　ワタシの鎖を解ける人間など存在するわけが！」

驚愕《きょうがく》する巫女。

「フェリスのためなら、なんだってできますわ！」

ジャネットはフェリスを抱いて部屋の入り口へと走る。

自分の腕の中にいる大切な人の体温が冷たいのが、怖くて仕方ない。

絶対に守り抜かなければいけない、この人を安全なところに逃がさなければならない。

そう想うジャネットの前に、巫女が舞い降りた。

「返せ！　女王様はワタシの女王様だ！」

「お断りですわ！」

反射的に、ジャネットの額から魔力が放たれた。言霊《ことだま》すら使わぬ、無詠唱《むえいしょう》による力の行使。

魔術師の常道を超えた攻撃に、巫女《みこ》は不意をつかれる。魔力は風の刃《やいば》となって巫女に迫り、そのベールを切り裂く。

「くっ……」

歯ぎしりしてよろめく巫女。頬《ほお》に傷痕が刻まれ、赤い血が流れている。ベールの下からさらけ出された顔に、ジャネットは目を見張る。

「どういうこと、ですの……？」

それは——ジャネットと同じ顔だった。

第四十一章　『最愛』

「ど、どうして……わたくしと同じ顔を……？」

鏡を見ているかのような光景に、ジャネットは混乱した。

「誰だ……オマエは……？」

真実の巫女もまた、大きく目を見開いている。驚きのあまり、ジャネットを攻撃することさえ忘れてしまっている様子だ。

「ジャネットが二人いる……？」

「幻惑魔術……ではないわよね……？」

テテルとアリシアは困惑する。

「悩むのは後じゃ！　さっさと離脱するぞ！」

レインに促され、少女たちは我に返る。巫女が動揺しているこの好機を逃すわけにはいかない。

ジャネットがフェリスを抱え、他の少女たちが護衛を務めて、部屋を飛び出す。巫女が追ってくる気配はないが、術師たちが次から次へと襲いかかってくる。

少女たちは術師と戦いながら、大聖堂の入り口を目指した。

深淵《しんえん》の部屋に独り残された巫女《みこ》は、呆然《ぼうぜん》と立ち尽くしていた。

「あいつは……なんだ……？　なぜワタシの顔を持っている……？」

巫女の体から、じわじわと瘴気《しょうき》が染み出してくる。

「ワタシは……なにかを忘れているのか……？」

巫女は自らの頭蓋《ずがい》に爪を突き刺し、魔力を注ぎ込んだ。

永《なが》い歳月の中で積層した記憶という記憶を掘り返し、魂の奥底まで螺旋《らせん》階段をたどっていく。

やがて、闇に覆われた核心に意識が到達した。

太古の昔に投げ捨てたはずの記憶、鮮烈な光景が脳裏に蘇《よみがえ》り、同時に怨念と憤怒《ふんぬ》が蘇る。

「思い出した……。あいつは……あいつは……ワタシを置き去りに！」

巫女は頭を掻《か》きむしった。

その全身から猛《たけ》り狂った闇が噴き出す。闇は深淵の部屋を埋め尽くし、大聖堂へと溢《あふ》れ出していく。術師たちが闇に呑《の》まれ、数多《あまた》の悲鳴が響き渡る。術師たちの肉体が歪《ゆが》み、瞬《また》く間に膨張して、異形《いぎょう》へと姿を変えていく。

この世に在《あ》りて、この世ならざる地獄。魑魅魍魎《ちみもうりょう》が這《は》い回り、阿鼻叫喚《あびきょうかん》の漆黒《しっこく》の中で、真実の巫女は唇を噛《か》み締める。

「オマエだけ……女王様のおそばにいたというのか。裏切り者……裏切り者裏切り者裏切り者裏切り者……！」

麗《うるわ》しい唇から鮮血が滴《したた》り、石の床を濡《ぬ》らして焼いた。


目を覚ましたとき、フェリスはやわらかな毛布に包まれていた。

ベッドに寝かされ、周りにジャネットやアリシア、テテル、レイン、ヨハンナが寄り添っている。

部屋には普通の家具が置かれ、大聖堂とは違う様子だった。探求者たちや真実の巫女の姿もない。

「おはようございます……？」

きょとんと首を傾《かし》げるフェリスに、ジャネットが涙目で飛びついてくる。

「フェリスううっ！　心配しましたわ！　心配しましたわ！　やっと起きてくれて嬉《うれ》しいですわ！」

「ジャ、ジャネットさん……息ができないです……」

溢れんばかりの愛情に押し潰《つぶ》されそうになって、フェリスはギブアップを宣言する。

慌てて離れるジャネット。暴走しがちなのはいつも通りだ。

「あっ、ごめんなさい！」

「ここは……？」

フェリスが疑問を浮かべると、アリシアが教えてくれる。

「エルナ共和国の国境に近い宿屋よ。前の宿屋は真実の巫女《みこ》に突き止められてしまっているし、危ないから移動したの」

「わらわが魔法結界を張って幻惑魔術を仕掛けているから、すぐに場所を嗅ぎつけられるということはあるまい」

ヨハンナが腰に手を突いて自慢する。

「レインの魔術は最強だからね！　もちろん可愛《かわい》さも最強よ！　猫になったときとか、にゃーにゃー言って甘えてくるのよ！」

「やめよ……」

黒雨の魔女は真っ赤になって羞恥《しゅうち》に震える。

馴染《なじ》み深い仲間たちと、普段と変わらぬ雰囲気に、フェリスは安心感を覚えた。真実の巫女に囚《とら》われてからの記憶がないが、恐らくジャネットたちが救い出してくれたのだろう。

「ごめんなさい……みなさん。わたしが知らない人についていったせいで、みなさんに迷惑をかけて……。いっぱい危ない目に遭ったんですよね……？」

　アリシアは笑みを漏《も》らす。

「大丈夫よ。術師たちはそんなに強くなかったし、簡単に助けられたわ」

「ええ、そうですわ！　このジャネット・ラインツリッヒの手にかかれば、悪者なんてちょちょいのちょいですわ！」

　ジャネットは顎《あご》をそびやかす。

「でも……」

　負傷した友人たちの体を見ると、その戦いが生易《なまやさ》しいものではなかったのがフェリスにも分かるのだ。強力な天使ヨハンナの翼すら、あちこち焦げて折れている。

　アリシアが尋ねる。

「フェリスはどうして探求者たちの大聖堂にいたのかしら？　誘拐《ゆうかい》されたの？」

「いいえ、自分からついていったんです」

「どんなに美味《おい》しそうなお菓子を見せられても、知らない人についていったらダメって教えたでしょう？」

「知らない人じゃなかったんです。ジャネットさんが、みんな安全な場所で待ってるって言ったので、一緒についていっちゃって……」

「ジャネット……？」

アリシアから白い目で見られ、ジャネットは泡を食って手を振る。

「わ、わたくしではございませんわ！　きっとあの巫女《みこ》ですわ！　そうですわよね!?」

フェリスがうなずく。

「ジャネットさんと勘違いしていたんですけど、真実の巫女さんだったんです。名前はジャニスさんって言ってました」

「ジャニス……。わたくしが夢の中で呼ばれていたときの名前と同じですわ。あの人はいったいなんなんですの？　どうしてわたくしと同じ顔をしているんですの？」

「どうしてなんでしょう？」

「わたくしに聞かれても困りますわ……」

フェリスもジャネットも頭を抱える。

「そういうことは召喚獣に尋ねるのが早かろう。連中は無駄に年を食っておるからな」

「レインも結構おばーちゃんだよね！」

「おばっ……」

テテルの無邪気な一言に、レインが凍りつく。

「わらわは……決して老婆などでは……」

「大丈夫、レインは若いわ！　お肌だってぴちぴちよ！」

震えるレインの肩をヨハンナがさすってなだめる。そもそも霊体なので見た目は完全に十四歳のままである。

「エウリュアレさん？　いますか？」

フェリスが呼びかけると、空中に漆黒《しっこく》の扉が開いた。扉から瘴気《しょうき》が溢《あふ》れ、美しき召喚獣エウリュアレが舞い降りる。

「いつもおそばにおります」

「ジャニスさんのことを教えてほしいんですけど……どうしてジャネットさんとジャニスさんが同じ顔なのか、知ってますか？」

首肯するエウリュアレ。

「もちろん存じております。ジャニスは私たちの仲間——喪《うしな》われた第五の召喚獣ですから」

「召喚獣!?　探求者たちのリーダーって、召喚獣なんですか!?」

フェリスは目を丸くする。

「はい。今までずっと行方が知れなかったのですが、女王様が直接お会いになったお陰で、女王様を通してジャニスの存在を感知できました」

「ジャニスさん、迷子だったんですか……？」

「そもそもの始まりは、十万年前の魔導大戦にございます」

「魔導大戦……。古い歴史書で読んだことがあるわ。召喚獣と人間の戦いだったと書いてあったけれど……」

アリシアは記憶をたどる。

召喚獣たちが人間を敵視した言動が多いのは、その戦争のせいなのだろうか。十万年の歳月を経ても、憎悪が消えることはないのか。

エウリュアレが肩をそびやかす。

「召喚獣と人間じゃないわ。あれは、『真実の女王』と『人の王』の戦争だったのよ」

「じょおう……」

召喚獣も探求者たちも巫女《みこ》ジャニスも、取り憑《つ》かれたように女王の名を口にする。それが自分を指しているのはフェリスも分かるが、正体が分からない。

ずっと気になっていたけれど、きちんと問い質《ただ》すのが怖かった。それを知ってしまったら、後戻りできなくなりそうな予感がしたのだ。

だが、いつまでも目をそらしているわけにはいかない。プロクス王国で起きたような惨劇を繰り返さないためには、自分を理解しておかなければならない。

フェリスは小さなげんこつを握り締め、こくんと喉《のど》を鳴らして尋ねる。

「あ、あの……。『真実の女王』って、なんなんですか……？」

「万物の主《あるじ》、魔素の支配者。初めに生じ、終わりを見届ける者。それが女王様です」

「ぜんぜん分からないですけど……」

かえって混乱するフェリス。

「魔導大戦では、女王様の陣営で召喚獣や天使の軍勢、ガデル族、探求者たちが戦いました。恐れ多くも女王様に叛逆《はんぎゃく》したのが、『人の王』が率いる人間の軍勢、そしてナヴィラ族だったのでございます」

「まるで最終戦争ですわね……」

ジャネットは身震いした。

様々な神話や宗教に、天と人の大戦争の言い伝えは残っている。その話を実際の経験者から耳にするのは、奇妙な感覚だ。

「『人の王』なんて言葉、私は初めて聞いたのだけれど……、ナヴィラ族の伝承にはあったりするのかしら？」

アリシアはナヴィラ出身のテテルを見やる。

「人の……王……？　人の王……？　あ……」

テテルは大きく目を見張り、口を押さえた。

「どうしたの？」

「ううん、なんでもない！　なんでもないよ……」

否定するものの、顔は血の気を失っていて、拳を固く握り締めている。明らかに様子がおかしい。

追及してもよいのかどうか、アリシアは迷った。

「女王様は魔素の主《あるじ》であり、しもべたる召喚獣や天使も魔法的存在。それに対抗するため、人の王は強力な魔法耐性を持つ兵器として、ナヴィラ族を造り出しました。両陣営に大きな犠牲が生じ、戦いは悲惨を極めました。その戦争の最中、行方知れずになったのが……」

「ジャニスさん、ですか……」

エウリュアレがジャネットに視線をやる。

「はい。ジャニスは女王様にとって特別、最愛の召喚獣でした。私たちも何千年も捜したのですが、見つけることができませんでした。恐らくは闇に堕《お》ちてジャニスの魔力が変質してしまっていたせいで、感知できなかったのでしょう」

「ジャニスさん、とっても苦しそうでした……」

フェリスは大聖堂でのジャニスを思い出す。フェリスに刃《やいば》を向けていたときのジャニスの瞳は、道端の捨て猫のように孤独感に満ちていた。

「それから、女王様は絶望のまま自ら輪廻《りんね》の円環に身を投じられました。その尊い魂が人間に生まれ変わったのが、貴女様《あなたさま》の今の姿なのでございます」

「わたしが……真実の女王の生まれ変わり……」

フェリスはぼんやりとつぶやいた。

物心ついたときから奴隷として生きてきた身で、そんなことを言われても実感が湧《わ》かない。でも、事実はきちんと受け止めなければいけない。そのことがなにを意味するのか、自分はどう動いていくべきなのか、真剣に考える必要がある。

「ジャニスの正体は分かりましたけれど、それがどうしてわたくしと同じ顔をしているんですの？」

ジャネットがエウリュアレに尋ねた。

「ジャニスは『対《つい》なる者』、二人が意識を共有して行動する召喚獣だったのよ」

「意識を共有……？」

「人間で言うところの双子に近いかしら。魔導大戦のとき、恐らく対《つい》の片方は戦死して人間のジャネットに生まれ変わり、残された方は闇に堕ちて巫女《みこ》になったのでしょうね。対《つい》は二人で居なければ堪《た》えられないから」

「ちょ、ちょっと待ってくださいまし！　まさか、わたくしが元々召喚獣だったとか言いたいんですの!?」

エウリュアレは哀《かな》しそうな微笑を浮かべてジャネットを見据える。

「ええ。貴女は私たちの同胞、そして最も愛された召喚獣、ジャニスなのよ。だからこそ、覚醒した女王様の魔力を浴びても、即座に消滅しなかった。詠唱《えいしょう》なしで魔力を放つこともできる。ただの人間では、そんなことはあり得ないわ」

「…………」

ジャネットは言葉を失う。

確かに最近の自分の成長は、どう考えても異常だった。

プロクスでフェリスの魔力を浴びたときも妙に回復が早かったし、探求者たちの大聖堂で重傷を負っても死ななかった。

だが、召喚獣とは。想像の範疇《はんちゅう》を超えていて、理解が追いつかない。

「よく還《かえ》ってきてくれたわね、ジャニス。会いたかったわ」

エウリュアレの抱擁《ほうよう》に包まれながら、ジャネットは呆然《ぼうぜん》と立ち尽くしていた。

ジャネットは夢を見る。

それは、真実の宮殿にいた頃の幸せな夢。まだ人間との戦争が起きる以前の、悠久に等しい安らかな時間。

玉座《ぎょくざ》に座した女王の膝《ひざ》に、ジャネットと対《つい》のもう一人が、向かい合って腕を載せている。鏡のように同じ顔が、うっとりとまつげを揺らしている。

「女王様、愛しています」「女王様、愛しています」

二人の声が完全に重なって、美しい音色を鳴らす。

「わたしも愛していますよ、ジャニス」

真実の女王は慈愛を込めて微笑《ほほえ》み、二人の頭を撫《な》でてくれる。

対《つい》と合わせた手の平、絡め合った指から、相手の喜びが伝わってくる。ジャネット自身の喜びと融合し、増幅し合ってさらなる高みへと昇っていく。

「あなたたちは、本当に仲良しですね」

女王が目を細める。

「私たちは、一つですから」「私たちは、同じですから」「絶対に離れません」「たとえ世界が終わりを告げても」「二人で永遠に」「女王様のおそばにお仕えします」

対《つい》なる者、二人のジャニスは、女王の両手に唇を押し当てた。


宿屋のベッドで目を覚ましたジャネットは、しばらく身動きできなかった。

今の人生ではほとんど感じたことがない多幸感の余韻、そこから現実に引きずり戻された喪失感が同時に襲ってきて、手足に力が入らない。

夢の中のジャネットは、女王のことが大好きだったけれど、対《つい》のもう一人のことも大好きだった。誰よりも自分を理解してくれる彼女を、決して手放したくないと思っていた。

そんな気持ちすら忘れてしまっていたことが、悔しい。

夜はまだ深く、部屋は闇に浸されていた。外から入り込む星灯《ほしあか》りが、うっすらと室内を照らしている。

ジャネットの隣にはテテルが体を丸めて眠っていた。アリシアのベッドには、フェリスの姿がない。

「フェリス……？　どこに行ったんですの……？」

また探求者たちの大聖堂に連れ去られてしまったのではないかと不安になり、ジャネットは身を起こした。

ベッドから滑り降り、辺りを見回す。フェリスの荷物はなくなっておらず、タンスにも服が残っている。バルコニーの方を見ると、カーテンがわずかに開いていた。

ジャネットは窓を開けてバルコニーに出る。

フェリスがバルコニーにたたずみ、静かに夜空を眺めていた。夜風に銀髪が揺れる姿は、普段の幼さも消えていて、夢の中の女王を思い出させる。

「ここにいましたのね」

「あ、ジャネットさん。おはようですか？」

「ちょっと起きてしまっただけですわ。フェリスは？」

「わたしは……なかなか眠れなくて。女王の生まれ変わりとか、万物の主《あるじ》とか、いろいろ考えてたら……」

「わたくしも実感が湧《わ》きませんわ。昔は召喚獣で、フェリスのしもべだったなんて」

ジャネットが一目見ただけでフェリスに惹《ひ》かれたのも、フェリスのことが好きで好きで仕方なくて執着してしまうのも、太古から定められた運命だったのだろう。それは非常に腑《ふ》に落ちる一方で、今の自分が否定されているようで切なくもある。

「ジャネットさんは、ジャネットさんです。わたしは、フェリスです」

「え……？」

「あっ、その……、昔は女王と召喚獣だったとしても、今は違うと思うんです。今のわたしは魔法学校の生徒で、ジャネットさんのお友達で、だから、上手《うま》く言えませんけど、しもべとかじゃないと思うんです！」

拙《つたな》い言葉で頑張って伝えようとするフェリスに、ジャネットは笑みを漏《も》らす。

「……そう、ですわよね。昔は、昔。大切だけれど、縛られなくてはいけないわけじゃないのですわ」

「はい！」

元気にうなずくフェリス。

「でも、お友達とは、どういうことですの？　フェリスとわたくしは、恋人になったのではありませんの？」

「あっ、恋人でした！　間違えました！」

ジャネットがからかうように言ってみると、フェリスはあわあわと慌てる。

そんな様子も可愛《かわい》らしくて、ジャネットはフェリスを抱き締めたくなってしまう。召喚獣だった頃の自分は女王に愛《め》でられる側を望んでいたのに。今と昔では、似ていることもあれば違うこともある。

「わたし……ジャニスさんに、もう一度会いたいです」

「せっかく大聖堂から脱出できましたのに、戻るんですの？」

「はい。ジャニスさん、とっても寂しそうでしたから。大変な戦争があって、あんなふうになってしまったんだとしたら、助けてあげたいんです。これ以上、悪いことをしてほしくないんです」

「フェリスは……本当に優しいですわね」

傷つけられても、傷つけ返すことを望まない。むしろ大いなる愛情を持って、相手の傷まで拭《ぬぐ》い去ろうとする。ジャネットが夢の中で何度も見た真実の女王もまた、同じ慈愛に満ち溢《あふ》れていた気がする。

そんな優しい女王が、どうして人間と戦うことになったのだろうか。どうして召喚獣たちは女王のために人間を殺戮《さつりく》したのだろうかと、ジャネットは考える。自分たちの正体は分かっても、かつて起きた大災厄《だいさいやく》の本質には未《いま》だ近づけていない。

「わたくしも行きますわ。真実の巫女《みこ》を止めに」

「危ないと思いますけど……」

「わたくしと同じ顔をした子が好き勝手に暴れていたら、迷惑ですもの。それに、フェリスが行くところなら、わたくしはどこだってついていきますわ」

――女王様、どこに行くんですか？　私も行きます！　女王様の行くところなら、どこにだって！

「……っ！」

急に自分の声が鼓膜に響き、ジャネットは額を押さえた。いや、あれはジャネットの声ではない。召喚獣だった頃のジャニスの声だ。

いつでもフェリスのそばにいたいというこの気持ちは、自分自身のものではないのだろうか。そうは思いたくない。ジャネットは自分の心と体で、フェリスを愛していたい。

「ありがとうございます！　ジャネットさんが来てくれたら、すっごく頼もしいです！」

「あなたは一人でも最強でしょうに」

苦笑するジャネット。

「そんなことないです！　わたし一人だったら、すぐ迷子になっちゃいますし、すぐ知らない人についていっちゃいますし、すぐお腹《なか》ぺこぺこになっちゃいます！」

「お腹ぺこぺこになるのは困りますわね。たくさんお弁当を持っていかないと」

「はい！　わたし、お弁当はプリンがいいです！」

「お弁当に⁉」

「一日三食プリンがいいです！」

圧倒的プリン派のフェリスが強硬に主張する。ジャネットはフェリスの栄養バランスが非常に不安だ。

「二人だけで内緒話だなんて、ずるいわね」

からかうような声が聞こえ、ジャネットが振り返ると、部屋の方からアリシアとテテルが覗《のぞ》き込んでいた。ヨハンナとレインも空から舞い降りてくる。

「わたしも女王様にお供するわ！　女王様の大切な人のこと、放っておけないもの！」

「待っていてもヒマじゃし、わらわも行こうかの」

「そんなこと言ってレインったら、本当は女王様のことが心配なのよね？」

「心配などではない」

「ほら、赤くなった。照れてるじゃない」

「ぐぐ……」

ヨハンナから悪戯《いたずら》っぽくほっぺたをつんつんされても、レインは震えるだけで反撃しない。黒雨の魔女は相方の天使に弱すぎる。

「あたしも行くよ。堕落《だらく》した召喚獣を放置しておくのは、人類の未来にとっても良いことではないからね」

手を差し出すテテルに、フェリスが目をきらめかせる。

「今日のテテルさん、なんか頭良さそうです！　かっこいーです！」

「あー、それっていつものあたしは頭悪いって思ってるってこと？」

「えっ!?　そ、そうじゃないですけどっ、あのあのっ！」

困り果てるフェリス。

「大丈夫、分かってるよ。ちょっとガラじゃなかったよね」

テテルは肩をすくめた。そんな仕草も、どこか普段と違っている。エウリュアレから魔導大戦についての話を聞いてから、珍しく口数も少ない。

「みなさん、手伝ってくれてありがとうございます！」

フェリスが深々とお辞儀する。

「始める前にしっかり作戦を立てておかないといけませんわね」

レインが重々しくうなずく。

「うむ。まずはどうやって探求者たちの根城を破壊して全滅させるかだが……」

「全滅はさせたくないです！　助けたいです！」

フェリスは慌てて希望した。

夜が明けると、魔法薬や装備などの用意を充分に調えてから、フェリスたちは宿屋を出発した。

噴水広場へ向かい、転移魔術の残滓《ざんし》を利用して転移先の位置を特定する。

黒雨の魔女レインが転移魔術を行使して空間を開き、フェリスが魔力を追加で支援して道をこじ開けることで、安全なルートを確保した。前回のように大量の瘴気《しょうき》を喰《く》らったら、敵地に到着する前に消耗してしまう。

「さあ、行きますわよ！」

「頑張りますっ！」

ジャネットの凜々《りり》しい号令と共に、少女たちは空中の穴に飛び込んだ。瘴気の中に通された魔法結界のトンネルを駆け抜け、空間の出口から飛び出す。

着いた先には、大きな建築物がそびえ立っていた。だが、前回とは様子が違う。壁際の天使や召喚獣の彫像はねじれ、目玉が突き出して、化け物のような姿になっている。美しい尖塔《せんとう》が並んでいたはずの建物もあちこちが溶け、薄気味悪く垂れ下がっている。

「あれー？　探求者たちの大聖堂って、こんな感じだったかしら？」

ヨハンナは腕組みして体を傾《かし》ぐ。

「完全にお化け屋敷ね……」

アリシアは杖《つえ》を握り締めて警戒した。

以前の大聖堂も脅威だったが、今のそれには生理的な忌避感《きひかん》を覚える。扉や窓から滲《にじ》み出す瘴気も濃度を増していて、近くにいるだけで背筋に鳥肌が立ってくる。

「転移魔術は成功したし、間違いなく連中の根城じゃ。真実の巫女《みこ》の闇が増して、建物まで変質させているのかもしれぬな」

「ま、また今度にしませんこと？　きっと今日は大聖堂の調子が悪いんですわ！　そうに違いありませんわ！」

お化けが苦手なジャネットは後じさる。

「フェリスが行くところならどこだってついていく、って言っていたじゃない」

「言っていましたけれど！　時と場合というものがございますわ！」

アリシアがジャネットの手を引っ張る。

「今がその時よ。ほら、無駄な抵抗はやめて」

「助けてー！　人殺しですわー！　わたくしはこの冷血女に殺されるのですわー！」

悲鳴を上げながら扉へと引きずられていくジャネット。出発したときは良かった威勢も、潰《つぶ》れたシュークリームのように萎《しぼ》んでしまっている。

大聖堂の中は、外観よりさらにおどろおどろしかった。

壁という壁に眼球が埋まっていて、少女たちのことを凝視している。天井からは赤い触手のようなものが垂れ下がり、しきりに伸びたり縮んだりしている。

そこから滴《したた》り落ちるのは、紫色の粘っこい液体。床を塗らしては斑点《はんてん》を作り、斑点から奇妙な枝が広がっていく。

「なんなんですの……なんなんですのこれは……。人間が来ていい場所ではございませんわ……」

ジャネットはアリシアの腕にしがみついて震える。

「歩きづらいから、離れてくれないかしら？」

「そんなことを言って、わたくしを置き去りにするつもりですわね⁉　その手には乗りませんわ！　死なば諸共《もろとも》ですわー！」

「私は死にたくないのだけれど……」

二人が押し合いへし合いしていると、どこからかうめき声が聞こえてきた。

「きゃ——⁉　出ましたわー！」

アリシアに飛びつくジャネット。

「離れて……。これじゃ戦えないわ……」

杖《つえ》を構えることさえ難しいアリシア。

ゆっくりと通路の向こうからやって来たのは、ローブの術師だった。だが、一見して普通ではない。袖口《そでぐち》から伸びた腕は幾重にも分かれ、枯れ枝のように痩せ細っている。逆に頭は恐ろしく膨張し、血管が剥《む》き出しの顔面に目玉が陥没していた。

「な、なに……これ……？」

たじろぐヨハンナ。

「探求者たちの術師じゃろう。根城だけではなく、手下まで壊してしもうたか。真実の巫《み》女《こ》とやら、もはや手遅れかもしれぬぞ」

「早くジャニスさんのとこに行かないとです！」

フェリスは焦るが、前に進めない。術師の姿が異常すぎて、近寄ることさえためらわれる。

術師が枯れ枝のような両腕を伸ばし、唾液を吐き散らして襲いかかってきた。目玉を覆っているまぶたがガチガチと噛《か》み鳴らされ、その牙《きば》で少女たちを喰《く》い殺そうとする。

「ひゃあああああああっ⁉」

フェリスは悲鳴を上げて手を突き出し、魔法結界で術師を防ぐ。術師は見事に跳ね返されて壁に激突し、腕も足も奇妙な方向にねじれて動かなくなる。

……が、すぐに全身の関節をしならせて起き上がり、四足歩行で突進してくる。

「逃げるわよ！」

「当たり前ですわああああっ！」

アリシアが言うより先に、少女たちは全速力で逃げ出す。

そんな少女たちの前方に、瘴気《しょうき》のもやが幾つもの塊となって現れた。瘴気は凝集するにつれて人の形を成し、ローブの術師と化す。

術師たちの腕は杖《つえ》と融合し、病魔に侵された木のように節くれ立って脈動していた。人の理《ことわり》から外れた術師たちの腕が伸び、壁や天井や床へ縦横無尽に魔法陣を描く。血管のような線で繋《つな》がった魔法陣が明滅し、全体から一斉に赤黒い焔《ほのお》が放出された。

「フェリス、ジャネット！　結界じゃ！」

「はいいいっ！」

「急すぎますわー！」

黒雨の魔女とフェリスとジャネットが、同時に魔法結界を展開する。

結界の周囲で焔が燃え盛り、とぐろを巻いて荒れ狂う。魔術の攻撃自体は結界が防ぐものの、白熱する空気から伝わってくる高熱までは防ぎきれない。少女たちの肌が灼《や》かれ、呼吸するだけでも肺が蝕《むしば》まれていく。

「わたしたちのこと、蒸し焼きにする気だわ！」

「反撃せねば死ぬのは時間の問題じゃが……結界の外に出たら一瞬で丸焼きじゃな」

「どうすればいいんですの⁉」

追い詰められる少女たち。

攻撃魔術を通過させるには魔法結界に隙間《すきま》を空ける必要があるが、この灼熱《しゃくねつ》地獄ではわずかな隙間が命取りになる。身を守る結界そのものが、少女たちを閉じ込める檻《おり》になっているのだ。

「あたしがやるよ！」

テテルが魔法結界の外に飛び出した。溶岩の中をかいくぐるような高熱をものともせずに疾走《しっそう》し、手近の術師に飛びかかる。

術師は反撃しようとするが、間に合わない。

テテルの膝《ひざ》が術師の腕にえぐり込まれ、融合している杖を粉砕する。術師は醜《みにく》くわめいて体勢を整えようとする。その頬《ほお》をテテルの蹴撃が襲う。術師は全身がねじれ、壁に削られながら吹き飛ばされていく。

仲間をやられ、他の術師たちが反応した。フェリスたちへの攻撃を解除して杖を振り上げ、揃《そろ》ってテテルに攻撃魔術を放とうとする。

「のんびりしすぎ！」

テテルはそれを許さない。地に足がついていないかのような速度で疾駆し、次々と術師たちを屠《ほふ》っていく。その姿は全身凶器、戦場に舞う刃《やいば》。敵の胴体を叩《たた》き壊し、腕をへし折り、頭を掴《つか》んで壁に叩きつける。

あっという間に敵は無力化され、辺りには打ち倒された術師たちのうめき声だけが満ちていた。起き上がろうとする術師の頭を、テテルが踏み抜く。

「キミたち魔法側の弱点は、よく知っているよ。力はあっても、根本的に戦闘に向いていない」

「テテルさん、強いですーっ！」

フェリスは歓声を上げるが、アリシアは違和感を覚えてしまう。テテルという少女は、あんな無情な戦い方をする子だっただろうか。すべてを知り尽くしたような大人びた顔で、敵の頭を踏みにじる少女だっただろうか。

フェリスやジャネットだけではなく、自分を囲むあらゆる要素が変わりつつある気がして、アリシアは落ち着かない思いをする。

少女たちは待ち構える敵を撃破しながら、大聖堂を奥へと進んでいった。

部屋も通路も歪《ゆが》み、溶け、膨張していて、前に来たときとはまったく様子が違う。完全に迷宮と化した建造物の中で、所々の壁に術師が埋め込まれ、声を限りに叫んでいる。そこには大教団を率いる宗教指導者たちの尊厳はない。彼らの魔力を利用して壁が魔術を生成し、少女たちに業火を放ってくる。

狂気と瘴気《しょうき》の渦巻く空間で、少女たちの体力が消耗していく。どれだけ潜っても通路は尽きず、真実の巫女《みこ》も見つからない。

「ここって、こんなに広い建物だったかしら……？」

疲れ果てたフェリスを、天使ヨハンナがおんぶして運んでいる。

「これも真実の巫女の瘴気の力じゃろうな。面倒なことをしよって」

「レインさんが王都を占拠して造った空間も、大変でしたわよ」

「なんのことやら分からぬのう」

黒雨の魔女レインは空とぼける。

通路の奥は、狭いトンネルになっていた。柔毛のようなものが垂れ下がり、あちらこちらから触手が伸びた生物的な造形。床はじっとりと湿っていて、靴底が貼りつく。

気味の悪い壁に触れないよう注意しながらトンネルを抜けると、静かな場所にやって来た。壁も床も黒い石材で埋められた部屋だ。

空気はひんやりとよそよそしく、王都の美術館に雰囲気が似ている。四隅にはジャネットそっくりの彫像が立っていた。

「ジャネットさんです……」

「真実の巫女の像だとは思うけれど……」

どこから敵が現れるか分からないので、アリシアは警戒する。

四体の巫女の彫像が見つめる先、部屋の中央には、銀色の卵のようなものが置かれていた。表面は磨き抜かれて鏡のようになっており、周囲の景色を映している。奇妙なのは、その鏡に映っている者の姿が、ジャネットだけだということだ。

「これは……なんなのですかしら……？」

ジャネットが不思議に思って近づくと、鏡から一筋の瘴気が噴き出した。浴びせられた瘴気が、ジャネットの体に流れ込む。

「罠《わな》……ですの……？」

激しい目眩《めまい》と脱力感に襲われ、ジャネットの視界が塗り潰《つぶ》されていった。

気がつくと、ジャネットは荒野の只中《ただなか》にいた。

——さっきまで、建物の中にいたはずですのに……。

困惑しながら辺りを見回す。

いや、そこは荒野ではない。森も山も街も燃え尽き、焦土と化した世界が、荒野のように見えているだけだったのだ。瓦礫《がれき》と灰のあいだに転がっているのは、数え切れぬほどの骸《むくろ》、骸、骸。大地は血の湖を抱え、死臭と腐臭に沈んでいる。

ジャネットもまた敵の血に染まり、指から赤を滴《したた》らせて立ち尽くしていた。その目の前で、ジャネットと同じ姿の少女が呆然《ぼうぜん》とつぶやく。

「女王様の……気配が消えた」

「私も感じた……。いったい誰が女王様を殺したの……？」

ジャネットの喉《のど》から、己《おのれ》の意思によらない言葉が漏《も》れる。

——これは……過去の幻……？　わたくしの前にいるのは真実の巫女《みこ》ですの……？

ジャネットの困惑をよそに、巫女が告げる。

「万物の主《あるじ》たる女王様が死ぬわけがない！　真実の宮殿に戻らなくては！　女王様になに

が起きたのか確かめないと！」

「それができたら、こんなところにいない！　私たち二人の力を合わせても、もう扉を開《ひら》くことさえできないんだから」

「じゃあ、どうすればいいの⁉　もうこれ以上、人間界をさまようのはイヤだ！　ワタシは女王様のところに還《かえ》りたい！」

巫女の体から染み出す瘴気《しょうき》は、赤黒く濁《にご》っていた。絶え間ない殺戮《さつりく》と、女王の御許《みもと》に戻れない絶望に、魂が壊れていっている。

ジャネットの体から滲《にじ》む瘴気も、巫女と同じく闇に侵されつつあった。このままでは二人とも、女王の最愛の召喚獣としてふさわしくない悪鬼と化してしまう。

「……私が、女王様を探してくる」

かつて女王から授けられた剣を、ジャネットは握り締めた。純粋な魔素で構成された刃《やいば》から、紫の輝く粒子がこぼれ落ちている。

「な、なにをするつもり……？」

身構える巫女。

「輪廻《りんね》の円環に堕《お》ちて、女王様を探す。真実の世界は扉一つ隔てて精錬界と隣接しているから、幾度も転生を重ねれば、きっといつか女王様に気づいてもらえるはず」

「だったら、ワタシも逝《い》く！」

「二人とも生まれ変わって記憶を喪《うしな》ってしまったら、女王様のことを思い出すこともできない。戻ってきた私が記憶を同調できるよう、あなたはこの世界で待っていて」

ジャネットは紫の刃《やいば》を自らの胸に突き立てる。爆《は》ぜるような激痛が身を苛《さいな》み、胸から鮮血と魔力が溢《あふ》れ出した。血を吐いてくずおれるジャネットに、巫女《みこ》がすがりつく。

「イヤだ！　こんな醜《みにく》い世界に、ワタシを置き去りにしないで！　一緒にいて！」

「大丈夫……どれだけ離れていても、私たちは対《つい》……。必ず、女王様を連れて帰ってくるから……」

ジャネットは片割れの手を握り、薄れていく意識の中でささやいた。

過去の幻影から目を覚ましたときには、ジャネットは黒い部屋の床に横たわり、フェリスの膝《ひざ》に頭を載せていた。

「ジャネットさん……？　大丈夫ですか……？」

フェリスが心配そうにジャネットの顔を覗《のぞ》き込んでくる。

「……大丈夫ですわ。懐かしい夢を見ていましたの」

ジャネットは頭痛に顔をしかめて半身を起こす。まだ断片的ではあるが、蘇《よみがえ》った大量の記憶、召喚獣ジャニスだった頃の経験が、頭の中を引っ掻《か》き回している。

「ジャニスだった頃の夢？」

テテルが尋ねる。

「ええ。思い出しましたわ……わたくしと、あの子のこと」

立ち上がろうとしたジャネットがよろけ、フェリスが抱き止める。

「ホントに大丈夫ですか？　もう少し休んでいた方が……」

「そうはいきませんわ。わたくしは早く、フェリスをあの子のところに連れて行かないといけませんの」

片割れが闇に堕《お》ちたのは、自分が彼女を独りにさせてしまったせい。それが己《おのれ》の罪なのだから、とジャネットは感じる。

もし対《つい》がずっと一緒にいれば、真実の巫女が闇に染まるのを遅らせられたのかもしれない。巫女に支配された探求者たちが邪教と化すのを避けられたかもしれない。いくら考えても時計の針は巻き戻せないから、仮定など無意味な泡沫《うたかた》に過ぎないのだけれど。

「真実の巫女、どこにいるのかしら……。ここが一番奥の部屋よね……？」

アリシアが室内を見回す。

「なんとなく……分かる気がしますわ」

「夢でなにか見たの？」

「そうじゃないんですけれど……わたくしは、あの子ですから」

何万年離れていても、二人の魂は根源的に同じ。魔力の流れ、思考、感情、積み重なった歪《ゆが》みまでもが、空気を通して伝わってくる。

天井の辺りに、なにか強力なものが息づいているのをジャネットは感じた。熱くて、激しくて、愛《いと》おしい脈動。姿はないけれど、そのなにかから魔力が溢《あふ》れ、部屋の中央の鏡へと繋《つな》がっている。

ジャネットは鏡に歩み寄った。鏡から赤黒い瘴気《しょうき》が噴き出し、怨念の咆哮《ほうこう》を上げてまとわりついてくる。

「ジャネットさん!? 危ないです！」

「平気、ですわ」

ジャネットは鏡に手の平を押し当てた。

鏡は真っ赤に光り輝き、粉々になって砕け散る。その崩壊と同調するようにして、四隅の彫像も溶解した。壁、天井、床も後退して消失する。

少女たちが立っているのは、先程までの冷たい部屋ではなかった。辺縁《へんえん》の見えないほどの広大な空間。足下は血の湖で、朽《く》ちた骨が無数に浮かんでいる。

血の湖の中央に、真実の巫女《みこ》が身を浸していた。真っ白な手も頬《ほお》も血に染まり、死者よりも死んだ瞳でジャネットを見ている。

「オマエは……約束を破った」

巫女の喉《のど》から、呪詛《じゅそ》の言葉が漏《も》れた。

「いいえ、破っていませんわ」

「女王様を連れてくると言ったのに！　どんなに待ってもオマエは戻ってこなかった！」

「連れて戻ってきましたわ」

ジャネットはフェリスの両肩を握って巫女に示す。

「そいつは女王様じゃない！　ただの器だ！」

「フェリスこそが女王様ですわ。あなたの淀《よど》んだ目には、見えないんですの？」

巫女は鋭い爪で頬を掻《か》きむしる。

「うるさい……うるさいうるさいうるさい！　女王様はそんなに弱々しくなどない！　女王様の腕はそんなに小さくはない！　どうやってそいつがワタシを抱き締める!?　どうやってそいつがワタシを愛してくれる!?」

片割れの苦悶《くもん》する姿に、ジャネットは胸が締めつけられる。

「忘れたんですの？　わたくしたちは女王様に愛されることを望んでいたけれど、それ以上に女王様を愛していた。たとえ何千年も逢《あ》えなくても、見捨てられたのかもしれないと思っても、わたくしたちの女王様への忠誠は尽きることがなかった」

「黙れ！　そいつをこっちに寄越《よこ》せ！　ワタシがこの手で器を壊す！」

巫女が手の平を突き出し、そこから噴き出した瘴気の奔流《ほんりゅう》が襲いかかってくる。

「フェリスは絶対に傷つけさせませんわ！」

ジャネットも手の平を突き出し、魔法結界で瘴気《しょうき》を防ぐ。跳ね返された瘴気が左右に噴き上がり、爆風に少女たちは地面から引き剥《は》がされそうになる。

「ワタシのために舞え」

巫女《みこ》が両腕を広げると、空中に数十の魔法陣が発生した。

魔法陣から術師たちが現れ、口々に言霊《ことだま》を唱える。刃《やいば》が生まれ、風が荒立ち、水が凍りつく。種類も軌道も異なる魔術が大量に生成され、嵐のごとく乱舞する。

全方位から浴びせられる攻撃に、フェリスとジャネットとレインが魔法結界で対抗する。背中合わせの少女たち、その内側に、突如として巫女が出現した。

「壊れろ」

巫女の手が漆黒《しっこく》に光り輝き、フェリスの首へと伸ばされた。とっさにフェリスを抱きすくめてかばうジャネット。その腕に巫女の手が触れ、業火が炸裂《さくれつ》する。

突風と共に吹き飛ばされ、ジャネットは地面を転がった。それでも決してフェリスを離さず、歯を食い縛って足を踏ん張る。衝撃と激痛。ジャネットの顎《あご》からフェリスの愛らしい顔に鮮血が溢《あふ》れ落ちる。

「ジャネットさん!?　血がいっぱい出てます！」

「平気、ですわ……。レインさん、フェリスをお願いいたします」

「任せておけ」

詠唱《えいしょう》なしで結界を展開できる魔女にフェリスを託し、ジャネットは巫女に魔力の塊を放つ。巫女は瞬時に姿を消し、上空に出現する。

巫女の両手から、血が無数の線となって伸びた。線に貫かれた術師たちの体に、赤黒い紋様《もんよう》と血管が浮かぶ。筋肉と脂肪が膨れ上がっていく。

肉のボールのように膨張し、人間とは思えぬ異形《いぎょう》の塊に堕《お》ちた術師たちが、巫女の一振りで地面に叩《たた》きつけられる。悲鳴を上げて回避する少女たち。

術師の塊は潰《つぶ》れると同時に骨をさらけ出し、その骨が急速に増殖する。竜と人間の中間のようなシルエット、猛々《たけだけ》しく尖《とが》った肩甲骨。凶暴な刃となった両腕の骨が回転し、少女たちの首を刈り取ろうと迫ってくる。

「気持ち悪いわ！」

天使ヨハンナは大槍《おおやり》で骨の化け物を薙《な》ぎ払う。骨の塊が粉砕されて飛び散るが、すぐさま集まって再生し、より太くなった刃でヨハンナに斬りつける。

羽根を散らして飛び退《の》くヨハンナ。

アリシアやテテルも骨の化け物を迎撃するが、まともに手応《てごた》えがない。巫女の手から限りなく魔力が送り込まれ、損壊した化け物もたちまち元に戻ってしまう。

「これじゃキリがないよ！」

「魔力の供給線を絶つのじゃ！」

「分かった！」「了解よ！」

テテルとヨハンナが術師たちの攻撃をかいくぐり、戦場を疾駆《しっく》する。術師の塊が降り注ぎ、二人を捕らえようとする。

「捕まらないよ！」

テテルは骨の化け物を蹴り砕き、砕片の最中《さなか》を突破して、巫女《みこ》から伸びている紅蓮《ぐれん》の線をもぎ取る。化け物は再生できず、欠片《かけら》のまま血の湖に沈んでいく。

巫女が苦痛の叫びを上げ、襲い来る骨の化け物が数を増した。空間を埋めるようにして刃《やいば》が飛び交い、化け物同士が互いの体を削り合う。

「一気に行くわ！」

常人では隙間《すきま》すら見えない攻撃のあいだを天使ヨハンナが潜《くぐ》り抜け、縦横無尽に舞って紅蓮の線を切り裂いていく。錫杖《しゃくじょう》にも似た大槍《おおやり》が涼やかな音を鳴らし、天使の白衣が崩壊《かんげき》の間隙を旋回する。

「天翔《あまかけ》る風よ、静かなる刃よ、我が力となり、蠢《うごめ》く敵を切り裂け――スライスエッジ!!」

ジャネットが風魔術でカマイタチを生成する。数多《あまた》のカマイタチが独立して飛翔し、テテルとヨハンナの手を逃《のが》れた紅蓮の線を切断していく。

「炎の滴よ、燃える力よ……我が意に従いて、敵を討て――バレットフレイム！」

供給線を失った化け物にアリシアが炎弾を放ち、大火に包んで葬り去る。何度も熾烈《しれつ》な戦いを経験した少女たちは、幼くとも熟練の兵士を超える力を身につけていた。

化け物たちがことごとく血の湖に沈んでいき、戦場に静寂が満ちた。少女たちは肩で息をしながら、空中の巫女を見上げる。

「あとはあなただけですわ、ジャニス！　もう諦《あきら》めてくださいまし！　わたくしたちが戦うなんておかしいですわ！」

ジャネットは訴えるが、答えはない。

「…………」

巫女はすべてを拒絶するかのように体を小さく丸め、血の湖に沈み込んだ。

溶岩のごとく沸き立つ湖面。湖から逆さまに垂れるようにして、幾筋もの太い血の柱が立つ。柱は交互に組み重なり、戦場の上下を埋め尽くす。血の柱に力がみなぎり、強烈な光輝を宿していく。空気の圧迫感が増し、ちりちりと皮膚が焦げる。

「な、なにをするつもりですの……？」

「これは……爆封陣じゃ！　魔力が完全に充填《じゅうてん》される前に術師を殺さぬと、この聖堂どころか辺りの空間ごと消し飛ぶぞ！」

黒雨の魔女の言葉に、フェリスは肝を潰《つぶ》す。

「そんなことしたら、巫女さんも死んじゃうんじゃないですか!?」

「きっと、女王様さえ戻ってくれれば、どうでもよろしいのですわ……。世界が滅ぼうと、自分が消えようと……」

「めちゃくちゃね……」

アリシアは呆《あき》れるが、ジャネットには巫女《みこ》の気持ちが分かってしまう。

大切な人に逢《あ》えなくなるくらいなら、命尽き果てた方がいい。大好きな人が微笑《ほほえ》んでくれるなら、どんな犠牲を払おうと構わない。その想いを、否定できない。

巫女の思慕が強すぎたせいで探求者たちは邪教に堕《だ》し、真実の宮殿への扉を開《ひら》くためなら手段を選ばない教団となった。その傍若無人《ぼうじゃくぶじん》な暴走に巻き込まれ、ジャネットも術師に誘拐《ゆうかい》されて命の危機に晒《さら》された。

巫女の所業は許されることではないけれど、もしジャネットが同じ立場なら、やはり同じことをしただろう。二人は「同じ」なのだから。

「まったく……仕方のない子ですわね！」

ジャネットは杖《つえ》を握り締め、言霊《ことだま》を唱える。

「四方の風よ、我が手に集いて、落城の騒鳴《そうめい》を奏でよ——デモニック・ストーム！」

色鮮やかな風が杖の先に集結し、竜巻となって足下の湖を切り裂いた。湖水が左右にこじ開けられ、大きく穿《うが》たれた亀裂に、ジャネットは落ちていく。その先に見えるのは、怒り狂って飛びかかってくる巫女の姿。

「なぜワタシの邪魔をする!?」

巫女の長く鋭い爪が、ジャネットの頬《ほお》を削った。

苦痛と共に本能が蘇《よみがえ》り、ジャネットは首をそらして致命的なダメージを避ける。巫女と同じように爪が伸び、反射的に巫女を薙《な》ぎ払う。

「フェリスは大切な人だからですわ！」

「オマエは女王様に戻ってきてほしくないのか!?」

「戻ってきてほしいですけれど！」

「だったら何故《なぜ》！」

「フェリスが死ぬのはイヤなのですわ！」

巫女が手の平に魔力の塊を抱えてジャネットの腹に叩《たた》き込む。飛ばされるジャネット、やられるだけでは済まさず、巫女の腕に爪を食い込ませて諸共《もろとも》吹き飛ばされていく。

巫女が魔力を込めた拳をジャネットの顔に叩きつけ、ジャネットも至近距離で魔力の弾丸を巫女に放つ。二人はもつれ合い、絡まり合い、互いを傷つけ合って戦場を転がる。巫女の髪は激怒に燃え上がり、ジャネットの髪も激情に猛《たけ》っている。

それは獣──美しい少女の姿をしていても、かつて人間界を恐怖に陥《おとしい》れた対《つい》の召喚獣そのもの。激しすぎる愛情と憎悪が、二人を破壊に走らせる。

巫女が手の中に魔力を集め、禍々《まがまが》しい刃《やいば》を形成する。

「ワタシはオマエが憎い……憎い憎い憎い憎い！　ワタシが切望していたモノすべてを、独り占めしていたオマエが！」

「独り占めなんてしませんわ！　あなたもフェリスの友達になれますわ！」

まるで鏡のように、ジャネットの手の中に魔力の刃《やいば》が形作られる。

「ワタシが欲しいのは器じゃない！　ワタシは女王様に愛されたい！　撫《な》でられたい！　世界の終わる刻《とき》まで、抱き締めていてほしい！」

「ワガママもいい加減になさいまし！」

二人の刃が相手を捉えようと宙を舞い、麗《うるわ》しい髪が裂かれて踊る。吐息のかかる間近で二人はすれ違い、同じ瞳が同じ姿を映す。

「ワタシは何万年も耐えた！　これ以上待てない！　その器を壊させろ！」

「壊させませんわ！　この分からず屋っ！」

対《つい》の刃が、互いを貫く。巫女《みこ》とジャネットの背中から刃が突き出し、魔力が真紅の飛沫《ひまつ》となって虚空を染めた。

二人はもたれ合って躰《からだ》を痙攣《けいれん》させ、膝《ひざ》から地面にくずおれる。微動だにしない二人から、おびただしい鮮血が溢《あふ》れ落ちる。

「ジャネット……さん……？」

フェリスは真っ青な顔で声を漏《も》らした。

ジャネットの体の下から、巫女《みこ》が起き上がった。ぎらぎらと殺意に輝く双眸《そうぼう》。大量の瘴《しょう》気《き》が溢《あふ》れ出し、巫女の肌を赤黒く侵す。巫女は唇から血を垂らし、よろめきながらも、ジャネットの首を右手で空中に持ち上げる。

「ははっ……ははははは！　弱くなったな、ワタシ！」

「や、やめ……」

ジャネットは必死にもがくが、巫女の強靭《きょうじん》な手から逃《のが》れることはできない。抗《あらが》うほどに爪が首の奥深くに食い込み、濁《にご》った瘴気《しょうき》に浸食されていく。

「愚かな人間などに生まれ変わって、惰弱《だじゃく》な生活を送っているからだ！　もう一度、輪廻《りんね》の円環に堕《お》ちて来い！」

巫女の左手に、魔力の塊が生成される。塊は湖の血を吸い込んで渦巻き、際限なく膨張する。巫女は自らの瘴気に呑《の》まれ、瘴気そのものと化していく。

フェリスは震える。

――どうして、こんなことに……？　わたしの、せいなんですか……？

自分がただの器だから、巫女は怒り狂っている。ただの器だから、巫女はフェリスの友人たちを苦しめ、ジャネットの命を奪おうとしている。

――もう、イヤです……。

フェリスのせいで、大切な人たちが傷つくのは。自分の肉体が器だというのなら、女王に明け渡しても構わない。それで、みんなが幸せになれるのなら。

「フェリス……？」

アリシアの目の前で、フェリスの気配が変わった。瞳が黄金に輝き、太陽よりも眩《まばゆ》い光が全身を包む。プロクス王国での惨劇を彷彿《ほうふつ》とさせる光景。

「これは……ダメですわ、フェリス！」

ジャネットが止めるが、間に合わない。

フェリスの体は純粋な光輝と化し、溢れ出した膨大な魔力が辺りを押し潰《つぶ》す。血の湖が一瞬にして蒸発し、天井が消え去り、壁が瓦解《がかい》する。

「来よったか！」

黒雨の魔女が魔法結界で皆を守る。だが、圧倒的な魔力が結界に亀裂を走らせ、あっという間に打ち砕く。

光の中から、澄み通った女性の声が響く。

『我が顕現《けんげん》から、人間界を守りなさい』

「御意《ぎょい》」

四つの声が応《こた》え、光の周囲に四つの扉が開いた。

レヴィヤタン、エウリュアレ、ケンティマヌス、ルーチェ。四柱の召喚獣が現れ、生ける結界となって光の周りを固める。荒れ狂う魔力の奔流《ほんりゅう》は召喚獣たちによって吸収され、その勢いが和《やわ》らぐ。

徐々に光が薄れ、少女たちが目を開けると、そこにフェリスの姿はなかった。フェリスがいたはずの場所に浮かんでいるのは、神々しい美に満ちた女性。眩《まばゆ》いまでの純白の肌に、豊かな銀髪が流れて大河を成し、何者も抗《あらが》えぬ黄金の瞳を輝かせている。

「女王……様……？」

巫女《みこ》とジャネットが、同時につぶやいた。巫女の手から力が抜け、首を掴《つか》まれていたジャネットが滑り落ちる。

「あれが、真実の女王……？」

アリシアは唖然《あぜん》とする。

召喚獣たちの主《あるじ》にして、探求者たちの神、太古に人類と戦いを繰り広げた強大な存在。フェリスに雰囲気は似ているが、明らかに人の世の者ではない。穏やかな表情なのに畏怖《いふ》を掻《か》き立てられ、アリシアは否応《いやおう》なしに平伏させられてしまいそうになる。

『よくぞ幼子のわたしを守ってくれました。あなたたちの善行は叡智《えいち》の書に刻まれ、未来永劫《えいごう》語り継がれることでしょう』

女王の麗《うるわ》しい声が、魂の深奥《しんおう》に染み込んでくる。その心地よい感覚に、ジャネットは傷を負っていることも忘れて身を委ねる。

ゆっくりと、女王が巫女に近づいていく。

「女王様！　女王様、女王様、女王様っ！」

巫女が女王に向かって駆け出した。すぐによろけて倒れ込み、地べたに手を突いて血を吐く。立ち上がろうとしても、爪が虚《むな》しく空《くう》を引っ掻く。

ジャネットとの戦いは、巫女にも大きな損傷を与えていた。怨念と憎悪だけが活力となって、巫女の四肢を動かしていたのだ。

巫女は目を見張って女王を見上げる。

「あなたは、本当に女王様なのですか？　ワタシの幻では、ないのですか？」

『それはあなたが一番よく分かるでしょう、ジャニス。わたしのことを忘れましたか？』

女王が巫女に手を差し伸べる。

「忘れるわけがありません！　この甘美な香り、この恐るべき魔力、この鮮やかな魂の色彩、すべてがワタシの愛する女王様のものです！」

巫女は女王にすがりついた。傷ついた頬《ほお》を、大粒の涙が流れる。真っ白な喉《のど》から、絞り出すような叫びが漏《も》れる。

「ずっと逢《あ》いたかった！　見つけてほしかった！　だけどあなたは来なかった！」

慟哭《どうこく》する巫女を、女王が抱き締めた。たおやかな腕が巫女の背を支え、波打つ銀髪が優しく巫女を包み込む。

『情報の多くは玉座《ぎょくざ》に残したとはいえ、人間界を崩壊させることなく魂を移すには、永《なが》い刻《とき》が必要だったのです。けれどあなたのことは、いつも気にかけていました』

「女王様……。もう、玉座《ぎょくざ》にお戻りになるのですよね？」

懇願するように、巫女《みこ》が訊《き》いた。

その姿は、邪教の軍勢を束《たば》ねる恐怖の指導者のものではない。

親の帰りを待ち望むだけの、小さな子供。

打ち捨てられた絶望が、巫女の身を苛《さいな》んでいる。

女王は首を横に振った。

『いいえ。わたしにはまだ、この世界でやるべきことがあります』

「そんな……また器に入ってしまうのですか？」

置いて行かれまいと、巫女が女王にしがみつく。

『あの肉体は、器ではありません。どんな姿になろうと、わたしはわたし。もう迷子には、させませんから』

女王は穏やかに言い聞かせ、巫女の髪を愛《いと》おしげに撫《な》でる。

巫女から溢《あふ》れ出していた禍々《まがまが》しい瘴気《しょうき》が、女王の体に吸い込まれていく。煮えたぎっていた悪意が勢いを失い、その双眸《そうぼう》が淡い光を灯《とも》す。

「ずっと……一緒にいてくれるんですか……？」

巫女はか細い声で尋ねる。

『ええ。おかえりなさい、ジャニス』

女王は慈愛を込めて微笑《ほほえ》む。

「ただいま……です」

女王の腕の中で、巫女は静かに目を閉じた。

探求者たちの脅威も消え、魔法学校に戻った少女たちは、自分のベッドで久々にゆっくり休んだ。

長旅と激しい戦いで疲れ切った体は、回復に長い時間を要する。校長先生から授業免除のお達しも出たので安心して爆睡し、ジャネットが起きたときには昼過ぎになっていた。

ぼんやりとした意識の中でベッドから滑り降り、鏡台の前に腰掛けて長い髪をブラッシングする。

「よしっ、ですわ！」

服も着替え、完璧に身だしなみを整えてから、ジャネットは自室を出た。

あれだけ負傷していたのに、体には傷一つなくなっている。女子寮も普段通りだし、こうやって日常の習慣をこなしていると、最近の冒険も夢だったかのように思えてくる。

——そうですわ、きっと夢だったのですわ。わたくしが対《つい》の召喚獣で、双子みたいな巫《み》女《こ》が探求者たちのリーダーだったなんて、現実的じゃなさすぎますもの。

なんて思いつつ、フェリスとアリシアの部屋の扉を開けると。

「女王様……ふわふわです……」

巫女が寝言を漏《も》らしながらフェリスを抱き枕にしていた。手加減なしに抱き締められたフェリスは、うーんうーんと悪夢にうなされている。

「どうしてあなたがここで寝ているんですの――!!」

ジャネットはベッドに突進してフェリスから巫女を引っ剥《ぱ》がした。

「おはようワタシ！　今日も美しいな！」

巫女は弾けんばかりの笑顔でジャネットに飛びついてくる。瘴気《しょうき》に侵されて荒れ狂っていたときの姿が嘘《うそ》のようである。

「急に抱きついてこないでくださいまし！」

「なぜだ？　オマエはワタシ、ワタシはオマエ。根本的に同じ存在なのだから、オマエの美しさをワタシが全身で楽しむのは当然だろう？」

巫女はジャネットの頬《ほお》にキスの雨を降らせてくる。いくら過去の記憶が一部戻ってきたといっても、スキンシップが苦手なジャネットにとっては刺激が強い。

「まったく意味が分かりませんけれど……百歩譲ってわたくしに抱きつくのはいいとして。どうしてフェリスと一緒に寝ているんですの!?」

「ワタシたちは昔からこうしていた。オマエも女王様の胸で寝るがいい」

「それができたら苦労しませんわ！」

「照れているのか？」

「照れていますわ！」

「ワタシらしくもない。もっと自由に生きろ。欲望はすべて満たせ。なぜならワタシたちは万物の支配者が最も愛する召喚獣なのであり、なにをしても許されるからだ！」

巫女《みこ》は得意気に親指を立てる。ちなみに全裸である。

「とりあえず服を着てくださいませんこと⁉」

「裸の方が女王様の感触を堪能できて良いのだ！」

「良くありませんわ！　わたくしが裸でうろついているみたいで見ていられませんわ！」

「だったら見なければいい！　さあさあっ、一緒に女王様と二度寝しよう！」

巫女は無邪気にジャネットをフェリスのベッドの方へ引っ張っていく。瘴気《しょうき》が晴れた途端、底抜けの明るさだ。恐らくこれが巫女の、そしてジャネットの本来の性格なのだろう。

ベッドの前で、ジャネットはためらう。

「できませんわ……。なにもかも忘れてフェリスのそばでのうのうと暮らしていたわたくしに、あなたの居場所を奪う資格はありませんもの」

「ワタシの居場所じゃない。ワタシたちの居場所だ」

「でも……」

「オマエは、約束通り女王様を連れてきてくれた。忘れていても、約束を守ろうとしてくれたんだ」

「そう、なのですかしら……」

「そうだ。ワタシが闇に呑《の》まれていたあいだも、もう一人のワタシは女王様に逢《あ》えていた。それだけで充分だ」

　巫女は陽光のように朗らかに笑う。

「ジャニス……あなたは良い子ですわね」

「オマエもジャニスだけどな！　しかし驚いたぞ、聞けばいつの間にか、女王様のペットから恋人に昇格しているらしいじゃないか！　やるなワタシ！」

　巫女は悪戯《いたずら》っぽく肘《ひじ》でジャネットをつつく。

「ま、まあ、わたくしですもの！　やるときはやりますわ！」

　胸を張るジャネット。

「恋人なら、ペット以上のことができる！　二人でおいしく女王様をいただくぞ！」

「お、おいしくって……なにをするんですの？」

「いいから、女王様が起きないうちに……」

　ジャネットと巫女ジャニスは間近でささやき合う。

「わわわわたし、おいしくないですよ……？」

「きゃー⁉」

背後からフェリスの声がして、ジャネットは跳び上がった。

振り返って見れば、寝間着姿のフェリスが胸元で手を握って縮こまり、かたかたと震えている。自分が朝ごはんにおいしくいただかれてしまうものだと怯《おび》えている。

「オマエがもたもたしているから、女王様が目覚めてしまったじゃないか！」

「わたくしのせいですの⁉　あなたの声が大きすぎるせいですわ！」

「なにを⁉」

「なんですの⁉」

至近距離で睨《にら》み合って火花を散らす、ジャニスとジャネット。

「騒がしいのが二倍になったわね……」

二人の声に叩《たた》き起こされたアリシアが苦笑する。

「ケンカはダメですよー！」

「仰《おお》せのままに、女王様！」

「フェリスが言うなら仕方ありませんわね！」

一瞬で争いは終結し、巫女《みこ》ジャニスはフェリスに抱きつく。ジャネットもどさくさに紛れてフェリスにしがみついた。

「平和になって、良かったです！」

女子寮の食堂で遅めの朝食……というかプリンを食べながら、フェリスは笑った。空《す》きっ腹《ぱら》で爆睡していた少女たちのため、寮母さんが取っておいてくれたのだ。

テテルはテーブルに頬杖《ほおづえ》を突いて、フェリスを眺めている。食欲魔神のテテルにしては珍しく、サラダだけの朝食を既に完食している。

「平和ねー。あたしとしては、そこにいる人がすっごく気になるんだけど」

テテルがちらりと向けた視線の先、窓の外には、『探求者たち』の術師が立っていた。よりにもよってイサカイである。隣には他の術師もいる。巫女《みこ》の瘴気《しょうき》が消えて大聖堂が元の姿を取り戻したとき、術師たちも瘴気から解放されて人に戻ったのだ。

イサカイが片手を挙げて会釈する。

「ご機嫌麗《うるわ》しゅう、女王様。なにかお役目はございませんか？」

びくっとするフェリス。

「な、ないですけど……」

「我らは女王様の忠実なしもべ。ご用がございましたら、お申し付けください」

「ありがとございます……」

この手のノリには、フェリスも召喚獣たちの相手で慣れてきてしまっている。

巫女が浄化されて教団から邪教の性質は失《う》せ、扉を開く魔力を集めるため暗躍することもなくなった。これで魔法学校にもバステナ王国にも災いが訪れることはない。やっと平和な日々が訪れたのだと、フェリスは安堵《あんど》する。

「……十万年ぶりに、役者は揃《そろ》った」

テテルがつぶやいた。

「やくしゃ、ですか？」

きょとんと首を傾《かし》げるフェリス。

「キミが揃えたんだよね。意識していなくても、忘れていても、すべてはキミの手の平の上。あたしたちは、キミが始めようとしている戦いの駒にすぎない」

「ど、どういう意味ですか……？」

「キミが流浪《るろう》の答えを出してしまったら、あたしは……」

テテルはつらそうに唇を噛《か》んだ。

「よく分かんないですけど……わたしは戦いなんてイヤです！　テテルさんが悲しそうにしているのもイヤです！　困ってることがあるなら、教えてください！　わたしは役立たずですけど、一生懸命頑張りますから！　いっぱいお手伝いしますから！」

フェリスはテテルの手を握って訴えた。

そんなフェリスの様子に、テテルは笑みを漏《も》らす。

「……そうだよね。今のキミは、そういう人だった。だからあたしは、フェリスが好き。

まだ、あたしはフェリスと同じ道を歩ける」

「わたしもテテルさんのこと、大好きですっ！」

フェリスは心の底から告げる。ジャネットのことも大好きだし、アリシアのことも大好き。みんなが笑っていてくれるのが、フェリスの願いだ。

テテルはフェリスの手を握り返して立ち上がる。

「行こ、フェリス！　せっかくのお休みだし、今日は思いっきり遊ぼ！」

「はいっ！」

フェリスはテテルと二人で食堂から駆け出した。

〈『十歳の最強魔導師 10』へつづく〉

この作品に対するご感想、ご意見をお寄せください。

●あて先●

〒101-0052 東京都千代田区神田小川町3−3
主婦の友インフォス　ヒーロー文庫編集部

「天乃聖樹先生」係
「フカヒレ先生」係

ヒーロー文庫

ヒーロー文庫

十歳《じゅっさい》の最強《さいきょう》魔《ま》導《どう》師《し》 9

天《あま》乃《の》聖樹《せいじゅ》

2022年11月10日　第1刷発行

発行者　前田起也

発行所　株式会社　主婦の友インフォス
〒101-0052 東京都千代田区神田小川町 3-3
電話／ 03-6273-7850（編集）

発売元　株式会社　主婦の友社
〒141-0021
東京都品川区上大崎 3-1-1 目黒セントラルスクエア
電話／ 03-5280-7551（販売）

印刷所　大日本印刷株式会社

ISBN 978-4-07-453291-9